BBULMEDIA

總尊秘錄

태존비록

1판 1쇄 찍음 2017년 1월 24일
1판 1쇄 펴냄 2017년 2월 3일

지은이 | 비　가
펴낸이 | 정　필
펴낸곳 | 도서출판 **뿔미디어**

편집장 | 문정흠
기획 · 편집 | 배희선

출판등록 | 2002년 9월 11일 (제081-1-132호)
주소 | 경기도 부천시 원미구 소향로 17번길(두성프라자) 303호 (우) 14544
전화 | 032)651-6513 / 팩스 032)651-6094
E-mail | bbulmedia@hanmail.net
비북스 | http://b-books.co.kr

값 8,000원

ISBN 979-11-315-7719-6 04810
ISBN 978-89-6775-394-8 04810 (세트)

怨尊秘錄

태존비록

비가 신무협 장편 소설

6

목차

38장   게으름뱅이, 비무하다   —7

39장   게으름뱅이, 재회하다   —69

40장   게으름뱅이, 때려잡다   —131

41장   게으름뱅이, 휘말리다   —195

42장   게으름뱅이, 해결하다   —259

38장

게으름뱅이, 비무하다

공무진을 모른다고?

사가가?

흐음…….

그것참, 이상한 일이로군. 아무리 시간이 많이 지났다고 하더라도 매화검귀(梅花劍鬼) 공무진의 이름이 전해지지 않을 정도는 아니었을 텐데.

중간에 뭔가 일이 있었나?

여하튼 당시의 공무진은 매화검귀라는 이름으로 천하에 이름을 떨치고 있었지.

위연호?

당시의 명성으로 따지자면 들을 비교하는 것 자체가 공무진에게 매우 무례한 짓이라고 할 수 있지. 당시의 위연호는 별호도 없었으니까.

물론 그전에 광동에서 나귀(懶龜)라고 불리기는 했지만, 그걸 별호하고 할 수는 없잖아?

그러니 별호도 없는 새파랗게 어린놈이 눈을 바락바락 뜨고 대드는 것을 본 공무진의 속이 얼마나 뒤집혔겠난 말이지.

내가 그런 꼴을 당했으면 당장에 타구봉으로 두개골 두께를 측정했을 터이니, 공무진의 반응이 과했다고는 볼 수 없지.

그런데…….

알다시피 위연호가 그렇잖아.

그래, 이제 잘 아네.

엮이면 안 돼.

엮이면 험한 꼴을 볼 수밖에 없지. 위연호와 엮인 사람들
은 하나같이 그런 꼴을 당한단 말이지.

응?

승부가 어떻게 됐냐고?

뭐, 그런 걸 묻고 그러나.

중요한 건 승부가 아닌 거지. 당대를 아우르던 두 검수가
만나서 검을 겨루었다는 것이 중요한 것 아니겠는가.

당시에는 강호에 전혀 알려지지 않은 위연호의 광검(光
劍)과 희대의 절기라고 평해지는 공무진의 매화검결(梅花
劍結)이 맞붙은 순간이었지.

본 사람은 없었지만.

응?

그래서 결과가 어떻게 됐냐고?

거참, 자네 성격 급하구만. 그리고 생각보다 멍청해.

결과야 뭐…….

꼭 들어야겠나?

"천하만검 광검독존(天下萬劍 光劍獨尊)?"

"에…….”

위연호가 배시시 웃었다.

"그런 거창한 말은 아니었어요. 그냥 하는 말을 주워들 어서 그대로 말한 것뿐이에요."

"네 사부가 한 말이냐?"

"예."

"하하하하!"

공무진이 비웃음을 섞어 말했다.

"네 사부라는 자는 꽤나 오만하구나. 감히 그런 말을 입

에 담다니. 세상에 이름도 떨치지 못한 자가 산속에서 도를
얻었다 하더냐?"

명백한 도발이었다.

평소라면 자신보다 어린 자에게 할 만한 도발은 아니지
만, 이미 기분이 상할 만큼 상해 버린 공무진이다 보니 조
금은 짓궂게 상대를 도발한 것이다.

하지만 돌아오는 반응은 그의 예상과는 전혀 달랐다.

"좀 그런 면이 있죠."

"으응?"

"사실 말은 그렇게 하는데, 저도 우리 사부가 유명했는
지에는 회의가 좀 든단 말이죠. 본인은 그렇게 주장하는데,
증거가 없으니……."

황당해하는 공무진을 보며 위연호가 작게 속삭였다.

"그리고 그쪽에게만 말씀드리는 건데요, 사실 좀 쪼잔한
면도 있어요. 이건 사부님이 남들에게는 말하지 말라고 한
거니까 혼자만 알고 계세요."

공무진의 얼굴이 뻘겋게 달아올랐다.

"이놈이!"

어린놈에게 놀림까지 당했다고 생각한 공무진이 바로 검
을 뽑아 들었다.

"네놈의 세 치 혀는 인정하마. 그러니 네놈의 검도 그
혀만큼이나 날카로운지 봐야겠다."

"사실을 말씀드려도 믿지를 않으시니, 새삼 세상이 얼마나 각박한지 알겠네요. 사부님의 말씀이 맞다는 것을 알게 해주어 사승 간의 신뢰를 굳건하게 해주시니, 은혜를 입었다 할 수 있겠어요."

"끝까지!"

공무진이 이를 갈았다.

이놈은 존장에 대한 예의를 밥 말아 먹은 놈이 분명했다.

이설화는 화가 머리끝까지 오른 공무진을 보며 발을 동동 굴렀다.

"안 싸운다면서요!"

날카로운 그녀의 목소리에 서문다연은 황망하게 먼 곳을 바라볼 수밖에 없었다.

저 게으름뱅이가 좋다고 싸우자고 들 줄이야 누가 알겠는가. 이것은 객관적으로 봐도 그녀의 잘못이라 할 수 없었다.

"어떻게 해……."

이설화의 눈에 눈물이 그렁그렁 맺혔다. 금방이라도 눈물이 뚝 하고 떨어질 것만 같았다.

"설마 죽이기야 하시겠어요?"

"……."

"강호의 선배가 비무 도중에 후배에게 부상이라도 입힌

다면, 그 손가락질을 어떻게 감당하려구요. 적당히 끝날 테니, 너무 걱정 마세요."

"우리 사부님을 모르셔서 하는 말씀이세요."

"네?"

"사부님이 화가 났을 때는 남녀노소를 가리지 않으세요. 예전에는 화가 났다는 이유로 청성의 삼대 제자를 검으로 베어 청성과 일촉즉발의 상황까지 갔단 말이에요."

서문다연이 아연한 얼굴로 위연호를 바라보았다.

지금 공무진이 일대 제자니까, 삼대 제자면 두 배분 차이가 난다.

그런데 그런 아이를 부상까지 입혔다는 말인가? 마음만 먹으면 검이 아니라 손으로도 제압할 정도의 무위 차가 날 텐데?

"어떻게 해요?"

딱히 답을 할 수 없었다. 그리고 이설화도 답을 바라는 것은 아닌 것 같았다.

"다치기라도 하면……."

으음?

서문다연은 조금 미묘한 눈으로 이설화를 바라보았다.

은인이라 생각하는 건 알겠지만, 아까부터 걱정이 조금 과하다는 느낌이 들었다.

그냥 기분 탓인가?

하나 생각이 깊어지기에는 상황이 너무 급박했다.

"아!"

이설화의 짧은 탄성이 그녀의 생각을 끊어놓았다. 서문
다연이 두 눈을 크게 뜨고 비무의 현장을 바라보았다.

"네놈의 스승이 누구인지는 모르겠지만……."

그때, 위연호가 손을 들어 올렸다.

"응?"

갑자기 저게 무슨 행동인가.

위연호가 고개를 설레설레 젓더니 입을 열었다.

"대화를 통해서 친목을 도모하는 것은 무척이나 좋은 일
이지만, 제가 좀 피곤해서요. 잠도 많이 못 잤거든요. 빨리
끝내고 들어가서 한숨 자고 싶으니까, 말은 이쯤하고 그냥
빨리 한판 붙으면 안 될까요?"

공무진은 손을 들어 자신의 귀를 매만졌다.

혹시나 지금 귀에서 연기가 나고 있지 않은가 해서였다.
더 열을 받았다가는 비무를 하기도 전에 뒷목을 잡고 쓰러
질 수도 있겠다는 생각이 들었다.

"오냐! 그 말을 후회하게 해주마!"

공무진이 눈에 불을 켜고 검을 들어 올렸다.

원래라면 비무에 따른 예가 오가야 하겠지만, 지금 공무
진에게는 예의를 표할 정신도, 의지도 없었다. 오로지 저

썩어 빠진 어린놈을 박살 내버리겠다는 의욕만이 가득했다.

검을 든 그의 기도가 일변했다.

삭풍이 몰아치는 것 같은 차가운 기세가 위연호를 찔러온다. 위연호는 일변한 공무진의 기세를 느끼면서 고개를 까딱했다.

"생각보다 좀 세시네요."

"끄으응."

공무진이 심호흡을 했다.

이건 격장지계다! 격장지계! 어린놈의 격장지계에 말려서는…….

"그런데 안 들어오세요? 빨리하고 쉬고 싶……."

"으아아아아아!"

공무진이 이성을 잃고 위연호에게 돌진했다.

화산의 검은 화려하다.

태극(太極)의 무당이 부드러움[柔]을 추구하고, 사일(射日)의 점창이 빠름을 추구한다면, 매화(梅花)의 화산은 변화를 추구했다.

수많은 매화나무가 동시에 꽃을 피워 올리는 것처럼 화려한 변화를 자랑하는 것이 화산의 검이었다.

하지만 공무진의 검은 화려하다기보다는 쾌속하고 날카로웠다.

외도(外道)라 경원시되기도 하지만, 그 외도라는 평가를 스스로의 검만으로 바꾸어놓은 이가 바로 매화검귀(梅花劍鬼) 공무진이었다.

그의 검은 화려하게 피어난 봄의 매화가 아니라, 삭풍이 불어오는 겨울의 설매화라 할 수 있었다. 봄의 매화보다 화려하지는 않지만, 그 이상의 한기와 아름다움이 공무진의 검에 자리하고 있었다.

절정에 다른 매화점점(梅花漸漸).

화산의 자랑이자 모든 것이라 불리는 이십사수매화검법의 절초가 지금 공무진의 손에서 완벽하게 재현되고 있었다.

'호오?'

위연호는 공무진의 검초를 보며 개안을 하는 기분이었다.

화려하다.

하지만 과하지 않다.

끝없는 변화의 와중에도 검의 중심을 잃지 않는 동중정(動中靜)의 묘리가 그의 검에 숨어 있었다.

언뜻 보면 아름답기만 한 변화에 홀린다면 순식간에 그의 목이 떨어져 나갈 것이다.

하지만 그뿐.

'저 아저씨도 나름 센 거 같던데…….'

그런데도 이 정도라면?

"대체 우리 사부는 얼마나 센 거야?"

그만큼이나 고생을 했고, 이만큼이나 고생을 하고 있음에도 아직 발끝에도 미치지 못하고 있다는 생각이 들게 하는 이가 바로 그의 스승인 백무한이었다.

백무한의 검에 비한다면 눈앞에 보이는 검은 그저 예쁜 검초일 뿐이었다.

위연호의 눈이 천천히 가라앉았다.

아무리 그가 장난스럽게 말을 하고는 있지만, 그의 검은 그 혼자만의 것이 아니었다. 백무한의 검을 이은 위연호에게는 천하에 광검의 위용을 보일 의무가 있었다.

위연호가 천천히 검을 앞으로 밀어냈다.

위연호의 손에 들린 백검(白劍)이 햇살을 받아 찬란하게 빛났다.

단순히 햇살을 반사하는 것이 아니었다. 백검은 그 자체로 새하얀 빛을 뿜어내며 말 그대로 빛나고 있었다.

'아니!'

공무진의 눈이 찢어질 듯 부릅떠졌다.

빛을 내뿜는 검이라니!

생전 들도 보도 못한 검초가 아닌가.

더 놀라운 것은 위연호가 뻗어낸 검에서 흘러나온 빛이 그가 만들어낸 매화점점의 검기를 처음부터 없던 것처럼 깨끗하게 지워내고 있다는 것이었다.

손끝에 반동조차 느껴지지 않고 있었다.

검기와 검기가 부딪쳐서 파괴되는 것이 아니었다.

압도적인 위력을 가진 백광이 그의 매화를 말 그대로 소멸시키고 있었다.

'미, 믿을 수 없다!'

검기를 지우는 빛이라니. 저게 대체 무슨 원리인가!

심장이 목구멍으로 튀어나올 정도로 놀랐지만, 이대로 놀라고만 있을 수는 없다. 지금 그는 비무를 지켜보는 이가 아니라 비무의 당사자다.

저 눈부신 백광이 노리는 것은 어느 누구도 아니고, 다름 아닌 자신이었다.

매화점점의 검기가 채 다 사라지기 전에 검을 꽉 움켜잡은 공무진이 필사적으로 매화토염(梅花吐艶)을 전개했다.

불꽃같은 염기(艶氣)가 그의 검을 타고 허공으로 솟구쳤다.

하지만 그것이 공무진이 할 수 있는 전부였다.

매화검귀라는 이름에 걸맞게 그가 뽑아낸 매화토염은 완벽했지만, 장대한 파도처럼 밀려오는 백광의 위용을 감당하기에는 무리였다.

"아!"

공무진은 자신의 시야 전체를 뒤덮어 버리는 거대한 빛의 파동에 압도되어 자신도 모르게 신음을 흘리고 말았다.

'환상인가?'

현실이라고 하기에는 너무도 환상적이었다.

우웅!

그와 동시에 새하얀 백광이 공무진의 몸을 뒤덮어 버렸다.

"사부님!"

자리에서 벌떡 일어난 이설화가 공무진을 향해 달려갔다.

그녀의 눈에 위연호가 뿜어낸 백광이 공무진을 덮치는 것이 생생히 들어왔다.

매화점점을 깔끔히 지워낸 백광의 위엄이라면 그 안에서 사람이 멀쩡할 수 있을 리 없었다. 이설화가 이를 악물고 백광을 향해 달려갔다.

하지만 사람이 검보다 빠를 수는 없는 법.

그녀가 채 도착하기도 전에 백광이 그녀의 스승을 뒤덮어 버렸다.

"아아……."

이설화가 그 자리에 주저앉았다.

그리고 백광은 처음부터 환상이었던 것처럼 사라져 버렸다.

"응?"

이설화가 눈을 비볐다.

백광이 사라진 곳에는 그의 스승이 조그만 생채기도 나

지 않은 모습으로 우뚝 서 있었다.

이설화의 고개가 모로 기울었다.

이상하다?

왜 멀쩡하지?

그 순간, 자신의 몸을 가만히 내려다보던 공무진이 굳은 얼굴로 위연호를 향해 두 발 나아갔다.

"이보게."

"네?"

위연호가 갸웃거리며 대답했다.

얼굴을 잔뜩 일그러뜨린 공무진이 커다란 목소리로 소리쳤다.

"하, 한판만 더 붙으면 안 되겠나?"

검귀 공무진.

그는 포기를 모르는 남자였다.

이설화는 다섯 살이 되던 해에 천하에 이름을 떨치는 검의 명문 화산파(華山派)에 입산했다.

그리고는 명문다운 엄격한 규율 아래에서 지금까지 생활해 왔다. 아무리 화산이 도가(道家) 문파 중에서는 자유로운 성향이 강하다고는 하나 명문은 명문. 일반적인 문파에 비해 그 규율이 엄격한 것은 당연한 일이었다.

그리고 입산한 자가 얼마나 엄격한 생활을 하는가는 문파의 성향보다 어떤 스승을 만나는가가 더 중요하다.

이설화는 여인의 몸임에도 그 재능을 인정받아 당시 화산에서 가장 촉망 받는 검수였던 매화검귀 공무진의 제자가 되는 행운을 누릴 수 있었다.

그의 스승은 말 그대로 검귀였다.

검을 탐닉했고, 검을 자신의 목숨처럼 여겼다.

그리고 자신의 검에 대한 엄격한 태도를 그 제자들에게도 강요하는 사람이었다.

무척이나 힘든 나날이지만, 그녀는 그의 스승을 매우 존경했다. 그의 스승이야말로 진정한 검수라 생각했기 때문이다.

그런데…….

"하, 한판만 더 붙어보세! 한판만!"

"싫어요."

"그러지 말고 한판만 더 붙으면 안 되겠나?"

"싫다구요."

"에이, 소형제. 아니, 소협! 우리 이러지 말고 딱 한판만 더 붙자니까."

"아오! 씨!"

이설화가 깊은 한숨을 내쉬었다.

그녀의 옆에서 마차를 몰던 서문다연이 고개를 절레절레

젓더니 그녀의 어깨를 토닥였다.

"기운 내요."

"하아아아아……."

산을 하산한 지도 어언 하루가 지났건만, 뒤에서 벌어지는 저 희극은 여전했다.

공무진은 깔끔하게 패배를 인정했다. 그의 스승다운, 뒤끝 없는 결말이었다. 문제는 그 뒤에 발생했다.

"그거 한판 더 붙어준다고 검이 닳기라도 하는가! 자네도 검을 더 발전시키고 싶을 거 아닌가! 내가 상대를 해준다니까! 어디 가서 나 같은 비무 상대를 구하겠나. 내가 이래 봬도 비무에는 일가견이 있다니까! 내가 몸으로 맞아줌세, 몸으로!"

"응. 안 해요."

"소형제에에에에에!"

이설화는 고개를 돌려 하늘을 바라보았다.

'구름이 참 예쁘네.'

"혀, 현실도피하지 말아요, 소저."

"……구름이 예뻐요."

"소저! 정신 차려요!"

안타깝게도 공무진은 패배를 인정할 줄 아는 남자인 동시에 포기를 모르는 남자였다. 위연호의 검을 인정한 공무진은 그 뒤로 끈덕지게 따라붙었다.

'원래 그런 분이기는 하지만…….'

검을 귀신같이 잘 써서 검귀가 아니라 검을 귀신같이 파고든다고 검귀라 불리는 사람이다.

그런 이가 눈앞에서 자신의 상식을 압도하는 검을 보았으니, 제정신일 리가 없었다. 과거 자신이 사용하지 못하는 매화착(梅花着)을 쓰는 장로에게 비결을 알려 달라고 열흘 동안 뒷간까지 따라붙어서 칭얼대던 그의 스승이다.

분노한 장로의 손에 죽도록 맞고도 포기하지 않고 매달려 결국에는 비결을 알아낸 적도 있었다.

하지만 그때는 적어도 그보다 연장자였기에 구질구질하다기보다는 검에 이만큼이나 의욕적일 수 있구나 하는 감탄을 일으켰다.

그런데…….

이설화가 마부석에서 몸을 일으켜 뒤를 돌아보았다.

마차 지붕에 바짝 달라붙어 아래쪽 마차 창을 보며 애원하고 있는 그의 스승이 보인다.

"소형제! 그러지 말고 다시 한 번 생각해 보게! 어디를 가도 나만 한 비무 상대를 구하기가 쉽지 않다지 않나! 내가 이래 봬도 본산에 가면 장로들을 씹어 먹는 사람일세!"

스승님, 물론 그건 사실입니다.

하지만 그런 말을 하고 다니시다가는 장로님들한테 씹혀먹힐 각오도 하셔야 하는 건 알고 계시죠? 아무리 사부님이 검의 고수라고는 하나 다굴엔 장사가 없는 법입죠.

"응. 안 해요."

"소형제, 그러지 말고……."

"카아아아악!"

위연호가 마침내 폭발했다.

"아오! 할 짓 다 했으면 집에나 가지, 왜 남 가는 길에 달라붙어서 사람을 귀찮게 하고 난리예요!"

"죄, 죄송해요."

이설화가 자신도 모르게 사과를 하고 말았다.

위연호의 말이 틀리지 않았다. 애초에 그들은 가는 길이 달랐으니, 그냥 그대로 헤어져서 서로의 갈 길을 갔으면 그만이다.

하지만 오랜만에 고수를 발견한 공무진은 다른 일정을 모조리 취소……라기보다는 그냥 제껴 버리고 위연호에게 따라붙었다.

서문다연의 입장에서는 검귀의 부탁을 거절할 수가 없었고, 위연호는 마차의 소유권이 없었다. 아무리 낙양까지 마차를 타게 해준다고 했다지만, 그 마차에 다른 사람을 태워서는 안 된다는 조항이 없던 것이다.

덕분에 공무진은 마차 지붕을 점거하고는 위연호에게 끈덕지게 달라붙고 있었다.

"자, 잘 생각해 보게. 나와 비무를 하게 되면 자네의 실력이 상승할 것이고, 무가의 자식인 자네가 실력이 상승한 다면 일단 부모님이 즐거워하시지 않겠나? 가화만사성이라 고 했네. 사내는 집안이 탄탄하고 안정되어야 모든 일이 잘 풀리는 법이지. 물론 나는 가정을 이루지는 못했지만, 자네 는 출가를 할 것도 아니니 가정의 안정이 무엇보다 중요하 다고 할 수 있지. 자네의 아버지 되시는 정협검, 그분 같은 경우에도 자식들이 검의 성취를 올리는 것을 그 누구보다 바랄 사람 아닌가. 게다가 자네의 조상분들 모두 검수였던 바, 후손이……."

"으아아아아아아아! 마차 세워어어어어어어어!"

콰앙!

마차가 채 서기도 전에 위연호가 검을 뽑아 들고 문을 박 차고 나왔다.

"내려와요!"

"흐하하하하핫!"

공무진이 만면에 함박웃음을 지으며 마차에서 훌쩍 뛰어 내렸다.

"그 입! 그 이이이이입!"

위연호가 입에서 불을 뿜어내자 공무진이 더없이 싱글벙 글했다.

"후후후, 소형제, 비무를 하기로 한 것은 매우 옳은 선 택이네."

"잔말 말고 칼 뽑죠!"

"좋지, 좋고말고. 하지만!"

매화검귀 공무진이 검을 천천히 뽑으며 말했다.

"조심하도록 하게. 내 비록 아까는 방심했으나, 이 공무진의 검은 결코 가볍지 않으니까. 내 소형제를 생각해서……."

꽈당!

공무진이 모로 쓰러져 부들부들 경련했다.

"쯧."

위연호가 검을 한 번 훅 떨치더니, 혀를 차며 마차 안으로 들어갔다.

"차라리 모기가 앵앵대는 게 낫지! 에잉!"

위연호가 마차 문을 거칠게 닫고 안으로 들어가자 이설화가 미묘한 발걸음으로 공무진에게 다가가 쓰러져 있는 그의 옆에 섰다.

"……스승님, 괜찮으세요?"

"끄으으응."

공무진이 힘겹게 상체을 일으켜 세웠다. 그의 얼굴은 참혹하게 일그러져 있었다.

이설화는 공무진의 마음을 충분히 이해했다.

그의 스승이 누군가.

차기 화산의 장문인으로도 거론되는 화산의 자존심이다. 어릴 적부터 기재로 그 이름을 드높였고, 작금에 이르러서는 화산제일검의 이름을 이어받을 사람이라 칭해지는 이가 아닌가.

그만큼이나 자존심이 높을 수밖에 없다.

그의 스승의 높디높은 자존심을 잘 알고 있는 이설화는 새파란 어린아이에게 맥없이 당한 그가 얼마나 큰 상처를 입었을지 짐작할 수 있었다.

"스승님……."

"이, 이게 대체 무슨 검이지?"

"……네?"

"도통 원리를 알 수가 없구나! 분명 그만큼이나 강대한 기세를 내뿜었는데 상대에게 상처 하나 내지 않고 제압하는 이 신묘함이라니!"

공무진의 눈이 희번덕거렸다.

뭔가 번들거리는 그 눈길을 보자 이상하게 슬그머니 뒤로 물러서고 싶은 마음이 든다.

아니나 다를까, 공무진이 자리에서 벌떡 일어나더니, 마차를 향해 달려가기 시작했다.

"소형제! 한판만! 딱 한판만 더 해보세!"

이설화가 고개를 돌려 다시 하늘을 바라보았다.

'엄마.'

입산한 지 어언 십이 년.

오늘따라 엄마가 보고 싶었다.

겨우 마을에 도착한 일행은 가까운 객잔을 찾아 짐을 풀었다.

"끄으응."

위연호는 머리를 마구 긁었다.

"이게 무슨 꼴이야."

이상한 찰거머리 하나가 붙어서 그를 죽도록 괴롭히고 있었다. 잠도 제대로 못 자고 쉬지도 못하다 보니 머리가 어질어질한 기분이다.

'고수는 다 이런 건가?'

그가 아는 검의 고수 중에서 제정신이 박혀 있는 사람은 아무도 없는 것 같았다. 물론 이해 못할 바는 아니었다.

무릇 수많은 검수들 가운데서 두각을 나타낼 실력을 가지려면 평생 다른 것을 돌아보지 않고 검에 매진해야 할 것이다.

그러면 자연히 잃어야 할 것이 있었다.

인간관계.

취미.

사회생활.

옛날이야기를 듣더라도 검의 고수라는 양반은 어디 한적

한 산골짜기에 처박혀서 십 년이고, 이십 년이고 검만 휘두르는 사람들이었다. 그런 양반들이 제대로 된 인성을 갖출 수 있을 리가 없었다.

말이야 고수지.

검이나 휘두르니 검수라고 해주는 것이지, 그냥 산골에서 다른 사람 안 만나고 이십 년을 산다 치면 보통은 야인(野人)이라든가 산적이지.

그의 아버지인 정협검 위정한만 하더라도 좋게 보면 무학에 심취한 협사지만, 나쁘게 보면 집안이고 뭐고 다 팽개치고 애 딸린 마누라를 방치한 채 몇 년이고 비무행을 다닌 무책임한 가장이 아니던가.

어머니가 아버지만 보면 이를 가는 이유가 있었다.

그러니 고수라는 양반들이 하나같이 성격이 삐뚤어진 것도 이해 못할 바는 아니었다. 애초에 위연호에게 피해만 주지 않으면 신경도 쓰지 않을 것이다.

문제는…….

"아, 왜 이런 인간들만 꼬이냐고!"

점점 그의 주변에 소위 '고수'라는 인간들이 꼬여들고 있다는 점이었다.

그러니 인생이 팍팍할 수밖에.

위연호는 정돈된 침상을 보며 입맛을 다시고는 아래로 내려갔다. 잠도 좋지만 며칠 동안 건량만 먹었더니 물기 가득한 맛있는 음식이 더 고팠다.

아래로 내려가자 이미 다른 이들은 자리에 앉아서 음식을 시켜놓고 있었다.

"소형제! 왔는가?"

"……."

눈앞에서 배실배실 웃고 있는 중년인을 걷어차 버리고 싶은 욕구를 느낀 위연호가 필사적으로 자신의 충동을 억눌렀다.

아무리 그래도 존장이다.

광동에 있는 위가네 둘째 놈이 존장의 엉덩이를 걷어찼다는 소문이 퍼지기라도 한다면 위정한이 당장 입에 거품을 물고 쫓아올 것이다.

물론 손에는 검이 들려 있겠지.

위연호가 한숨을 쉬고는 자리에 앉았다.

"많이 먹게! 검수는 많이 먹는 것이 중요하네."

"누가 그러든가요?"

"내가!"

"……네."

아무래도 이 사람이랑 계속 같이 여행을 하다가는 머리 한 곳이 이상해지겠다는 생각을 마친 위연호가 어떻게 해야 이 찰거머리를 떨어뜨릴 수 있을 것인가를 심각하게 고민하기 시작했다.

"그런데 그 색마 놈은요?"

"마구간에 처박아놨어요."

"그러다 도망이라도 치면?"

"쇠사슬로 묶어두고 목에다 '저는 색마입니다' 라는 패찰을 걸어두었으니, 풀어주는 사람은 없을 거예요."

"……."

위연호가 미묘한 시선으로 서문다연을 바라보았다.

그나마 얘가 제일 정상인 줄 알았는데…….

'낙양까지만 참자.'

마차를 포기할 수가 없다. 그 안락함은 겪어보지 않은 사람은 결코 알 수 없는 일이었다.

'밥이나 먹어야지.'

위연호가 막 젓가락을 들려는 찰나에 옆자리에서 흥미로운 말이 들려오기 시작했다.

"자네, 그 이야기 들었는가?"

"무슨 이야기?"

"저번에 나산에서 발견된 검황의 유진 말일세."

"그거? 그거 가짜가 아닌가. 검황이라면 삼백 년 전의 사람인데, 이제 와서 무덤이 발견된다는 것이 말이 되는가?"

"그렇게 생각한 사람이 많았지. 그런데 그게 말일세."

"……말을 해보게."

"진짜였다고 하는구만! 지금 난리가 났어!"

"진짜였다고?"

위연호의 귀가 쫑긋했다.

아무래도 흥미로운 주제가 아닐 수 없었다.

검황은 고금제일검이라 불리는 사람이다. 그런 이의 유진이 발견되었다는데 어찌 관심을 두지 않겠는가.

"진짜라니! 정말 검황의 유진이 발견되었다고 하는가?"

"정확히는 검황의 유진이 아니라 검황의 무덤이 발견되었다고 해야겠지."

"무덤이라니! 확실한가?"

"생전의 검황의 행적과 일치하는 면이 있다고 하네. 일단 그 무덤이 굉장히 소탈하다고 하는군. 검황은 매우 소탈한 걸로 전해지지 않는가."

크으…….

위연호는 자신도 모르게 고개를 끄덕이고 말았다.

검황이라고 불리는 사람이라면 당연히 그래야 한다.

사치를 좋아하고 화려한 것을 좋아해서 검도 번쩍번쩍거리게 만들어놓은 그의 스승과는 전혀 다르지 않은가!

그의 스승은 사치를 좋아하다 못해서 병적인 집착을 보이기도 했다. 잠시 쉴 때면 예전에 그의 집에 황금으로 만들어놓은 연무장이 있었다느니, 그때 그가 모은 재산을 다 풀었으면 중원의 사람들이 일 년은 배불리 먹고살았을 것이라는, 말도 안 되는 허풍 늘어놓기를 즐겨했다.

그의 스승은 허세가 넘쳤지만, 검황이라는 분은 소탈하기로 유명하다지 않는가.

"하지만 무덤이 소탈하다고 검황의 무덤이라 볼 수는 없지."

"그뿐만이 아닐세. 무덤 안에서 과거 검황이 즐겨 입었다던 무명옷의 잔해가 발견되었다는군."

"그렇지. 그분이야 검소하기 그지없어서 결코 화려한 옷을 입지 않았다고 전해지니까."

크으!

위연호는 연신 고개를 끄덕였다.

타의 모범이 될 고금제일검쯤 되면 당연히 그래야 한다.

반면에 그의 사부는 비단옷을 좋아하다 못해 육신을 환상으로 그려내면서도 굳이 힘을 들여 용이나 봉황이 장식되어 있는 비단옷을 입던 사람이다.

예전에 이런 옷을 차려 입고 기루에 가면 기녀들이 아주 빡 갔다면서 킬킬 웃던 사부의 모습을 떠올리자 절로 한숨이 나왔다.

같은 삼백 년 전 사람인데 어찌 이리 다르다는 말인가.

'뭐? 소림이 민대머리를 조아리고, 무당이 말코를 땅에 처박았다고?'

동시대에 검황이 있었는데 이게 무슨 개소리란 말인가.

대충 허풍이라고 생각하고 오 할은 걸러들었지만, 이제 보니 허풍이 구 할이 넘지 않는가!

"사기꾼 같으니."

"네?"

"아, 아니에요."

아무리 그래도 자신의 스승에 대한 이야기를 하는 것은 왠지 모르게 창피했다.

"그래서? 그 안에서 검황의 무학이라도 발견이 된 건가?"

"그건 아직 모르네."

"어째서인가?"

"무덤 뒤편에 공간이 있다는 기관진식가의 의견이 있었지만, 만년한철이라도 쓴 것인지 도통 열리지가 않는다고 하는구만. 지금 수많은 이들이 그곳으로 몰려서 문을 열려고 노력 중이라는구만."

"으음, 그 말이 사실이라면…… 이거, 보통 일이 아니군."

대화를 듣던 서문다연이 고개를 돌려 이설화를 바라보았다.

"설화야."

"예, 서문 언니."

둘이서 마부석에 타고 나름 오랫동안 여행을 하더니, 그 사이 많이 친해진 모양이었다.

"검황의 무학이 탐나지 않니?"

이설화는 고개를 저었다.

"보물은 주인이 따로 있다고 들었어요. 제가 그것에 욕심을 낸다고 해서 제가 가질 수 있을 것 같지는 않아요."

"그래도 혹시 모르잖아."

이설화가 곰곰이 고민을 하는 듯하더니 다시 고개를 저었다.

"검황쯤 되는 사람의 무학이라면 그만큼 어렵겠죠. 제가 감당할 수 있는 게 아닌 것 같아요."

"틀린 말은 아니다."

공무진이 천천히 입을 열었다.

위연호를 대할 때의 경박스러움은 어디다 숨겨두었는지, 그의 얼굴은 처음 보여주었던 검수의 모습을 보이고 있었다.

"검황쯤 되는 이의 무학이면 상승 중의 상승의 무학이다. 특히나 마지막 유진이니만큼 그의 심득을 정리한 무공이겠지. 그런 무공일수록 난해하고 어렵기 마련이다."

"예."

"어려운 무공은 그만큼 익혔을 때 큰 효용이 있지만, 자칫하다가는 익히는 이를 주화입마에 빠지게 만들기도 한다. 그러니 괜한 욕심은 부리지 않는 것이 낫다."

"많이 어려울까요?"

"보통 수준의 무인이라면 읽더라도 이해조차 하지 못할 것이다. 지극의 경지에 오른 이들만이 약간의 심득이라도 얻을 수 있겠지. 그만큼이나 전설적인 인물들의 심득이란 복잡하고도 위대한 것이다."

위연호는 뚱한 표정이 되었다. 그의 스승이 말한 것이 생각났기 때문이다.

"뭐? 어려워? 왜 어려워? 검이 어려우면 안 되지! 그 심득이니 뭐니 남기면서 이상한 말로 떡칠을 해놓는 놈들은 다들 별것도 아닌 것들이 있는 척하느라고 그런 것이다. 아니면 머리에 똥만 차서 심득을 쉽게 풀어 설명하지 못해서 그런 것이지. 원래 가장 좋은 것은 누구나 쉽게 알고, 누구나 쉽게 배울 수 있게 만드는 것이지. 그게 아니라면 왜 전수를 하느냐, 지만 알고 무덤으로 가면 그만이지. 어떠냐! 이 사부의 무학은 쉽고 편리하고 간편하지! 크헤헤헤헤!"

"사기꾼 맞아."

"네?"

"……아니요."

입만 열면 구라요, 입만 열면 허풍이다.

'근데 또 세기는 더럽게 세단 말이야.'

그런 양반이 어떻게 그렇게 강한 무학을 가지게 됐는지 궁금할 따름이었다.

하기야 내단까지 만들어놓은 것을 보면, 어디서 만년삼왕이라도 주워먹었을 확률이 높았다. 잔뿌리라도 팔아서 떼돈을 벌었을 수도 있고.

"게다가 너에게는 이미 화산의 무학이 있지 않느냐."

"그렇습니다, 스승님."

"아무리 검황의 무학이 뛰어나다고는 하나 이미 삼백 년 전의 무학인바 화산의 검도 결코 그에 못지않다. 아니, 시대를 감안하면 더더욱 뛰어나다고 할 수 있지. 그러니 너는 괜한 것에 욕심을 내지 말고, 네가 가진 것에 더 정진하도록 하거라."

"예."

위연호는 괜히 배알이 뒤틀렸다.

"그런데 매화검법은 언제 만들어진 건가요?"

"오, 오백 년 전쯤?"

"그럼 뭐, 그거도 구식이네."

"……."

공무진이 꿀 먹은 벙어리가 되자 위연호는 그제야 기분이 좀 풀렸다.

'이상하단 말이야.'

언제나 욕을 하고 싶은 사부지만, 사부의 성격은 몰라도 사부의 무학에 대한 험담은 들어줄 수 없다. 삼백 년 전의 무학이 구식이라면, 사부의 무학도 구식이라는 뜻이 아닌가.

'보통은 사부를 욕하면 화가 나야 하지 않나?'

아마도 사부 스스로 자신의 무학에 가장 큰 자부심을 가지고 있던 것이 그에게도 넘어온 모양이었다.

그 잘생긴 얼굴을 두고 무학에 자부심을 가지다니, 딱한 사람.

"일단 식사부터 하자꾸나."

"예."

공무진이 젓가락을 들어 음식을 가져가자 위연호가 점소이를 불렀다.

"여기 밥 좀 주세요."

"이 많은 요리를 두고 밥을 또 드시게요?"

"건량을 너무 먹었더니."

밥이 날라져 오자 위연호는 밥그릇을 들고 한술을 떴다.

스윽.

그때, 그의 밥그릇 위로 잘 튀겨진 닭다리가 슬쩍 올라왔다.

'어?'

이설화가 위연호의 밥그릇 위로 닭다리를 올리고는 시선을 저쪽으로 돌리고 있었다.

'뭐지?'

"음, 이 닭은 정말 잘 튀겨졌구나. 요리사를 보고 싶을 정도로군. 그래, 어디 닭다리가……."

그릇에서 닭다리를 찾던 공무진의 고개가 갸웃하더니 위연호의 밥그릇을 향해 돌아왔다.

"……거, 두 개는 심하지 않나?"

"두 개요?"

위연호가 자신의 밥그릇을 내려다보고는 눈을 크게 떴다.

"이, 이게 언제 올라왔지?"

"쯧쯧쯧."

공무진이 혀를 찼다.

"닭을 먹음에 있어 다리를 두 개 다 가져간다는 것은 이 자리에 피 보라가 몰아쳐도 감안하겠다는 선전포고와 다름 없다는 것을 모르지는 않겠지?"

"저 아니에요!"

"게다가 변명까지! 그 닭은 너무 설 튀겨졌나 보군! 아직 살아 움직이는 것을 보니! 제 발로 걸어 들어가지 않았다면 자네가 가져오지 않았는데 그게 왜 거기에 있겠나."

"와! 와!"

위연호가 억울함이 가득 담긴 얼굴로 고개를 돌렸지만, 이설화는 자신의 사부 쪽으로 고정시킨 얼굴을 결코 이쪽으로 돌리지 않았다.

"거, 광동위가 출신이면 음식을 못 먹고 자란 것도 아닐 텐데, 무척이나 실망스럽구만."

위연호는 가슴을 쳤지만 서문다연마저 떨떠름한 얼굴로 그를 보고 있기에 그저 그 억울함을 감내할 수밖에 없었다.

"……한 마리 더 시켜 드려요?"

"아니요."

졸지에 닭다리 못 먹어서 환장한 귀신이 된 위연호가 은근히 이설화를 노려보았지만, 이설화는 여전히 그와 시선을 마주치지 않았다.

'얼씨구?'

고개를 돌리고 있기는 하지만, 귀를 숨길 수는 없다. 빨갛게 달아오른 귀가 쫑긋쫑긋하고 있었다.

"으음?"

이설화의 얼굴이 붉게 물든 것을 발견한 공무진이 눈살을 찌푸렸다.

"얼굴이 붉구나. 색마 놈에게 당한 내상이 아직 다 낫지 않은 것이냐?"

"……아닙니다."

"내상은 제때 정양하지 않으면 두고두고 사람을 괴롭히기 마련이다. 몸을 다스리는 데 집중하거라."

"예, 스승님."

위연호는 그 광경을 보며 속이 부글부글 끓었다.

"언제는 참회동에 집어넣으려고 하시더니! 이제 와서 자상한 척!"

"허허허, 그때는 자네가 그만큼 강한지 몰라서 그런 것 아닌가. 자네가 일격에 저 색마 놈을 쓰러뜨렸다기에 내 제자가 방심해서 당한 줄 알았지. 그게 아니었다면 괜찮은 것 아니겠나?"

"끄으응."

처음 본 공무진은 무척이나 차가운 인상이었는데, 알고 보니 사람이 허당기가 있었다.

"그보다 자네의 스승에 대해 이야기를 좀 해보게나. 대체 어떤 고인이시기에 자네 같은 이를 키워냈는지 정말 궁금하지 않을 수가 없구만."

"귀신인데요?"

"귀신같은 분이신 모양이로군. 검수라면 그런 면이 흠이라고 할 수 없지."

"아니, 귀신이라니까요."

"……"

공무진이 허망한 눈으로 위연호를 바라보았다.

"그냥 말을 해주기 싫으면 그렇다고 하면 그만이지."

"그래서 내가 말 안 한다고 했잖아요!"

진실을 말해도 믿지를 않으니 어쩌란 말인가!

아버지를 아버지라 부르지 못하고, 형을 형이라 부르

지 못⋯⋯.

아, 이건 여기서 쓸 말이 아닌가?

공무진은 더 이상 위연호의 스승에 대해 물어보지 않았다. 위연호가 자신의 스승에 대해 말하는 것을 꺼린다고 생각했기 때문이다.

물론 위연호는 전혀 그런 의도가 없었지만, 충분히 오해를 할 수 있는 상황이었다.

"낙양으로 간다고 했는가?"

"예."

"정무맹에 들 생각인가?"

"그건 아니구요. 지금은 딱히 목적 없이 여행하고 있어요."

"호오, 그렇군. 그렇다면 굳이 낙양으로 갈 필요가 없는데⋯⋯ 어떤가? 화산에 들러보지 않겠나. 자네가 온다면 화산에 득실거리는 장로님들이 쌍수를 들고 환영할 걸세."

"⋯⋯제가 좋을 건 없는 것 아닌가요?"

"화산은 손님에게 후한 곳이지. 자네가 생각하는 것 이상으로 즐거운 경험이 될 걸세."

"흐음⋯⋯."

위연호가 고민하려는 찰나에 공무진이 은근한 목소리로 말했다.

"그리고 내 생각이네만, 될 수 있으면 빨리 이 지방을 벗어나는 것이 좋을 것 같네."

"네? 왜요?"

"곧 피바람이 몰아칠 걸세."

더없이 진지한 공무진의 얼굴을 본 위연호의 얼굴도 조금은 심각하게 변해갔다.

"피바람이요?"

공무진이 무거운 얼굴로 고개를 끄덕였다.

위연호가 의혹을 가득 담은 얼굴로 물었다.

"왜요?"

"사람이 너무 많은 것이 문제일세."

위연호는 공무진의 말을 이해하지 못하고 고개를 갸웃했다.

"사람이 많아서 문제라구요?"

"그렇다네."

공무진이 다른 이들도 한 번 돌아보고는 말을 이었다.

"검황의 유진이 발견된 것은 대단한 일이지. 저만한 사람이 몰렸으니까. 하지만 진짜로 문제가 되는 부분은 검황의 유진을 노리는 사람은 많은데, 실제로 유진이라는 것을 차지할 수 있는 사람은 한 사람뿐이라는 점일세."

이설화가 고개를 끄덕였다.

검황의 유진이 어떤 형태일지는 모르겠지만, 여러 사람이 나눠 가질 수 있는 것은 아닐 게 빤했다. 그렇다면 당연히 쟁탈전이 벌어질 것이다.

괜찮은 영약 하나만 발견되어도 피바람이 부는 것이 강호다. 그런데 무려 검황의 유진이 아닌가.

"정무맹이나 천의련에서 통제하지 않을까요?"

서문다연의 말에 공무진이 고개를 저었다.

"저 많은 사람을 통제한다는 것은 불가능하다. 정무맹이 본진을 비우고 모조리 몰려왔을 때나 가능할까. 하지만 그게 불가능한 일이라는 것은 너도 알겠지."

"그렇죠."

"나 역시 강호 경험이 적은 편은 아니지만, 저만한 인파가 몰린 것은 처음 보았다. 저 많은 이들이 같은 목적을 가지고 모였는데 사고가 나지 않는다는 것이 더 이상하지."

다들 공무진의 말에 동의할 수밖에 없었다.

하지만 위연호는 여전히 뚱한 얼굴이었다.

"……그런데 그 검황의 유진이라는 것은 비급이나 뭐 그런 것 아니에요?"

"그렇다네. 다른 것은 아무런 의미가 없다고 봐야겠지."

"사부가 말하기를, 비급이라는 것은 아무리 진의를 담으려고 한다고 해도 담을 수 없는 거라고 하던데요. 그저 그 무공을 알고 있는 사람이 잊지 않기 위해서 기록하는 것이라 하셨는데, 그게 무슨 가치가 있다고 사람들이 그리 몰려드는 거예요?"

공무진이 눈을 크게 떴다.

"대체 자네의 스승은 누구신가?"

"자꾸 같은 말을 해서 죄송하기는 한데, 정말 말해도 모르실 거예요."

"으음, 짐작은 가네. 자네 같은 사람을 키워낼 분이라면 신선 같은 분이시겠지."

"신선이 아니라 귀신인데요."

"귀신같은 분이실 수도 있고……."

"그게 아니라 진짜 귀신이라구요."

"그래그래, 귀신같은 분이시라는 거로군."

위연호는 답답했다.

세상은 왜 바른말을 해도 믿어주지 않는가!

귀신을 귀신이라고 하는데, 왜 귀신이라는 것을 믿어주지 않는가!

대로변에서 '우리 사부는 귀신이다' 하고 소리를 지르고 싶은 심정이었다.

"자네 스승의 말이 맞네. 비급은 그것만으로는 온전히 그 진의를 재현할 수 없는, 불완전한 전달 수단이지."

"그러니까요."

"하지만 온전히 재현할 필요는 없지 않은가?"

"네?"

공무진이 미소를 지었다.

"자네가 집을 짓는 목수라고 생각해 보게. 옆 동네에서 근사하게 지어진 건물을 보고 온다면, 그 내부의 재료와 건물을 올리는 방식을 모두 알 수는 없겠지만 적어도 지금 내가 알고 있는 것을 활용해서 좀 더 멋들어진 건물을 지을 수는 있지 않겠는가?"

위연호는 고개를 끄덕였다.

"무학도 마찬가지네. 지금 비급을 탐하는 이들이 얻으려 하는 것은 검황의 무학에 담긴 이치와 그 경지이지, 검황의 무학을 그대로 재현하겠다는 것이 아니니까. 어떻게든 그 경지를 답습할 수만 있다면 형(形)이 무슨 상관이겠는가."

"설명을 참 잘하시네요."

"하하하."

"하지만 그 진의라는 것도 형(形)이 갖추어지지 않는다면 동일한 경지에 오를 수는 없는 거잖아요."

"동일한 경지까지 바라기야 하겠는가. 무려 고금제일검이라 불리시는 분일세. 그런 이의 반의반만 따라간다고 해도 천하제일은 노려볼 수 있겠지."

위연호는 고개를 끄덕였다.

확실히 일리가 있는 말이었다.

"왜? 듣고 나니 회가 동하는가? 자네도 쟁탈전에 나서볼 텐가?"

"아뇨."

위연호는 단호히 고개를 저었다.

"어차피 그 비급이란 걸 얻어도 분석하고 고심해서 수련을 해야 하는 거잖아요."

"당연하지! 피나는 고련이 없이 어찌 검황쯤 되는 이의 무학을 체화할 수 있겠는가!"

"그런데 왜 그런 짓을 해야 하나요? 그 시간에 발 닦고 잠이나 자지."

"……."

공무진은 한숨을 쉬었다.

'내가 잠시 잊었구나.'

눈앞의 이 인간이 천하제일의 게으름뱅이라는 사실을 잠시 잊고 있었다.

'대체 이놈의 스승은 누구인가.'

정확하게는 스승이 누구인가 보다 그 스승이 어떤 사람이기에 이 게으름뱅이에게 이만한 무공을 가르칠 수 있었는지가 신기했다.

음식을 차린다 치면 밥상을 바치는 정도가 아니라 음식을 입안에 넣어주고 턱을 눌러 씹는 것까지 해줘야 겨우 삼킬까 말까 한 사람이다.

그런 이에게 이만한 경지의 무공을 전수했다는 것은 그야말로 기적이 아닐 수 없었다.

백무한이 들었다면 '매에는 장사 없다' 라는 평범한 진리를 일깨워 주었겠지만, 안타깝게도 그 사실을 말할 백무한은 이제 이 세상에 없었다.

 "그래…… 그렇다면 쉬어야지. 그런데 말일세, 자네."

 "예?"

 "아무리 그래도 그렇지, 새로 시킨 닭다리까지 가져가는 건 인간으로서 할 짓이 아니라고 생각해 보지 않았나?"

 "예?"

 위연호가 고개를 숙여 자신의 그릇을 바라보았다. 거기에 떡하니 새로운 닭다리가 올라와 있었다.

 위연호는 꿀 먹은 벙어리가 되어 이설화를 바라보았다.

 하지만 이설화는 고개를 돌려 점소이에게 차를 시키는 것으로 위연호의 시선을 외면했다.

 '살수 무공이라도 익혔나?'

 어떻게 위연호가 눈치도 채지 못하게 닭다리를 가져다놓을 수가 있단 말인가.

 "거, 사람 그렇게 안 봤는데."

 "오햅니다!"

 "이전에 시킨 것도 다 먹어놓고는 새 다리까지 탐하다니! 식탐도 너무 과하면 좋지 않은 법일세."

 "오해라니까요!"

위연호는 억울하여 가슴을 쳤지만, 닭다리는 말이 없었다.

"……."

아침이 되어 간단히 몸을 점검하려 밖으로 나온 공무진이 눈탱이가 밤탱이가 되어 있는 서주악을 보고는 할 말을 잃고 말았다.

"누가 또 때리든가?"

서주악이 힘겹게 입을 열었다.

"위, 위연……."

"그 양반이 굳이 자네를 또 패겠다고 밖으로 나왔다고?"

"소, 소피……."

공무진은 고개를 끄덕이고 말았다.

그러니 간밤에 소피를 보러 가던 위연호가 서주악이 묶여 있는 것을 보고는 또 열이 뻗쳐서 잘근잘근 밟아주고 간 모양이었다.

"그러게 처신을 똑바로 했어야지. 색마로 살았으니 목이 떨어져도 할 말은 없을 것이다."

서주악은 매우 억울했다.

물론 남들이 보기에 그가 죽을 짓을 저지른 것은 맞다. 그러니 항변할 말은 없다.

문제는 대체 위연호가 왜 저러는지를 알 수가 없다는 점이었다.

뭔가 때릴 때마다 외치는 말이 좀 이상했다.

보통 그에게 원한을 가지고 있는 사람은 '너 때문에 내 누이가' 라든가 하는 식으로 친인이나 애인의 정조를 잃었다는 분노를 뿜어내는 경우가 대부분이다.

그런데 위연호는 '내 오 년을 돌려내라' 라든가, '내가 너 때문에 얼마나 처맞았는데' 라는 이상한 말만을 늘어놓을 뿐이었다.

그 누구보다 원한이 강한 것 같기는 한데, 그 원한이 어디서 온 것인지 알 수가 없으니 미칠 노릇이었다.

"자업자득이지."

공무진이 눈물을 뚝뚝 흘리는 서주악을 보며 혀를 차고는 몸을 돌려 뒤로 돌아갔다.

피가 따끈따끈한 것으로 보아 위연호가 밖으로 나갔다 온 지 얼마 안 된 것 같았다. 그러니 몸도 풀 겸 비무나 한 번 벌일 생각이었다.

'도통 모르겠단 말이야.'

이미 두 번이나 비무를 해서 깨닫기는 했다. 자신과 위연호의 무위는 엄청난 차이가 있다는 걸.

상식적으로는 이해가 가지 않는 일이다.

자신은 매화검귀 공무진이다.

물론 강호야 노귀물들이 득실득실거리고, 대충 '이 정도가 정말 센 것들이다' 하고 대충 분류를 해두면 어디 산골에 처박혀서 검만 휘두르고 살던 기괴한 노괴인이 튀어나와서 기존의 강자를 때려잡는 일이 빈번하게 벌어지는 곳이다.

그러다 보니 내가 이 강호에서 어느 정도의 위치를 점하고 있는지 정확히 평하는 것은 무척이나 지난한 일이었다.

하지만 그렇다 해도 그는 매화검귀 공무진.

아무리 짜게 매긴다고 해도 천하백대고수 안에는 넉넉히 들어갈 수 있다고 자부하는 사람이었다.

그런 공무진을 손쓸 여지도 없이 패배하게 만드는 어린 놈이라니.

"괴물이지."

괴물이라는 말로도 부족했다.

응?

강호에는 한 번씩 신동이라는 것들이 나타나지 않느냐고?

"내가 신동 출신인데."

공무진은 한숨을 내쉴 수밖에 없었다. 그도 어릴 적에는 신동 소리를 듣고 자랐다. 화산의 이름을 만방에 떨칠 기재라는 소리를 들어온 그였다.

그리고 그 기대치에 어긋나지 않게 살아왔다고 생각했

는데…….

"정진할 뿐."

마음에 쓸려 들어오는 허무함을 밀어내며 공무진은 고개를 저었다.

지금의 자신이 모자라다 느낀다면 더욱 나아가면 된다. 그게 공무진이 살아온 방식이었다.

하지만 살아온 방식을 고수하기에 현실은 참담했다.

"……주무시는가?"

한참을 불러도 반응이 없자 공무진이 슬며시 위연호의 방문을 열고 안으로 들어갔다.

'요괴인가?'

하지만 그가 발견한 것은 위연호가 아니라 새하얗고 커다란 덩어리였다. 한참을 보고서야 그것이 이불을 둘둘 만 채 자고 있는 위연호라는 것을 알아차린 공무진이 머리를 잡았다.

'좀 곱게 자자.'

자는 거야 뭐라고 하지 않는다.

사람에게는 천성이라는 것이 있고, 게으른 이에게 부지런함을 논해봐야 아무 소용이 없다는 것쯤은 그도 이미 알고 있는 바였다.

하지만 이건 게으름의 문제가 아니지 않은가.

"소협."

공무진이 점잖게 위연호를 불렀다.

"소혀어어업."

"우웅."

"소협, 해가 이미 중천이네. 이제 슬슬 일어나서 하루를 시작해야 하지 않겠는가. 옛 선인들이 말하기를, 잠이란 하루 두 시진이면 충분한 것이고, 하루를 더 길게 사는 것이 짧은 인생을 좀 더 알차게 쓰는 방법이라고 하셨네. 그러니……."

"아우우우!"

위연호가 몸을 꿈틀꿈틀했다.

다짜고짜 패서 깨우는 사부의 방식이 최악이라고 생각했는데, 설교를 늘어놓는 공무진의 방식도 만만치 않았다.

"사람이 잠 좀 자겠다는데!"

"해가 중천이네."

위연호가 자리에서 벌떡 일어나더니 창을 열어 밖을 가리켰다. 수줍은 듯 해가 그들을 바라보고 있었다.

"중천이 무슨 말인지 모르셔서 그러시는 것은 아니시죠?"

"허허허, 저쯤이면 가운데라고 할 수 있지 않겠는가? 하늘을 삼등분하면 말일세."

"끄으으응."

말로는 당할 수 없는 사람이었다.

"왜요! 왜!"

"이미 해가 저리 떴는데 무인이라면 슬슬 몸을 풀어야 하지 않겠는가. 무인은 본디 언제 무슨 일이 생길지 모르는 사람들이고, 언제나 최고의 몸 상태를 유지해야 하는 법이지. 가장 쉽게 몸을 유지하는 방법은 누가 뭐래도 이른 아침부터 직접 몸을 움직이는……."

"카아아악!"

위연호가 베개를 집어 던졌다.

매화검귀가 아니라 매화구귀(梅花口鬼)였다. 저 입을 어떻게든 하지 않으면…….

그때, 문이 벌컥 열렸다.

문밖에 서 있는 의외의 인물을 발견한 공무진의 눈이 크게 뜨여졌다.

"응?"

공무진과 문밖에 서 있는 이의 눈이 서로 마주쳤다.

공무진은 가만히 문밖에 서 있는 위의 위아래를 훑었다.

평균보다는 조금 작은 키.

하지만 앙증맞은 얼굴이 작은 키와 어울려서 귀여움을 더욱 돋보이게 해주고 있었다. 꽃 모양으로 땋아 올린 머리까지 더해지자 선녀가 따로 없지 않은가.

무복을 입고 있다는 점이 조금 아쉬웠지만, 그것만으로도 충분히 귀여웠다.

그 귀여운 여인이 손에 쟁반을 든 채 당황한 얼굴로 공무진을 바라보고 있었다.

'으응?'

쟁반 위에는 음식이 가득 담겨 있었다.

아무래도 아침 식사를 가져온 모양이다.

한데 이상한 점이 몇 가지 있었다.

첫째, 아무리 시대가 달라졌다고는 하나 아침부터 여인이 남자의 방을 찾는 것은 좋게 보아줄 수 없는 일이었다.

둘째, 찾아온 이유가 몇 번 보지도 않은 이의 아침 식사를 손 수 챙기려고 한다는 것도 역시나 일반적이지는 않았다.

그리고 세 번째, 가장 큰 문제는······.

"서, 설화야?"

문밖에 있는 이가 바로 공무진의 제자인 이설화라는 점이었다.

"스, 스승님?"

"네가 왜 여기?"

"스승님이 왜 여기에?"

한참 동안 둘은 말없이 서로를 마주 보았다.

이윽고 이설화가 가만히 고개를 숙이더니 종종걸음으로 방 안으로 들어왔다.

그러고는 탁자 위에 음식을 내려놓고 나서는 다시 종종걸음으로 방을 빠져나갔다.

탁.

문이 닫히는 소리가 들렸다.

"오, 밥이다."

위연호는 아무 거리낌 없이 이설화가 가지고 온 밥을 처묵처묵하기 시작했다.

그 광경을 가만히 바라보던 공무진의 얼굴이 푸들푸들 떨려온다.

스르릉.

공무진이 가만히 검을 뽑아 들었다.

"으응?"

위연호가 검을 뽑는 공무진을 바라보며 고개를 갸웃했다.

"오리 써시게요?"

구운 오리를 자를 만한 것이 없어서 고민하던 차에 공무진이 검을 뽑아 들었다.

"이보게."

"예?"

"생각을 해보니 연무장이 중요한 것이 아닌 듯하네. 무인이란 언제 어디서 검을 뽑아야 할지 모르는 것인데, 수련

이라 해서 반드시 넓은 실외에서 한다는 것 역시 고정관념
이 아닌가. 사람이 경지를 이루기 위해서는 그런 고정관념
부터 타파해야 하는 법이지.”

“좀 정리해서 말씀해 주시면 안 되나요? 너무 길어
서.”

공무진이 고개를 끄덕였다.

정리하라고?

정리해야지.

우웅!

공무진의 검이 거칠게 울더니, 위연호를 노리고 날아들
었다.

“히익?”

밥 먹다가 갑자기 날아든 검을 본 위연호가 기겁하여 뒤
로 물러났다.

“왜 이러세요!”

위연호에게 달려드는 공무진의 입에서 피 맺힌 목소리가
튀어나왔다.

“내 제자는 못 준다! 이 망둥어 같은 놈아!”

매화검귀 공무진이 제자 사랑에 눈뜬 날이었다.

이설화가 걱정스러운 눈으로 계란을 들었다.

“괜찮으세요?”

이설화는 걱정이 잔뜩 어린 얼굴로 시퍼렇게 멍이 들어 있는 공무진의 눈을 계란으로 문질렀다.

"끄으응."

공무진이 앓는 소리를 냈다.

"스승님."

자신의 얼굴을 계란으로 문질러 주고 있는 이설화를 보자 마음이 절로 훈훈해졌다. 본디 아비가 딸에 대한 사랑을 깨닫는 것이 딸이 시집갈 때가 되었을 때라고 하지 않는가.

지금까지는 그저 제자일 뿐이라고 생각했는데, 오늘 아침 그런 일을 겪고 나자 새삼 자신의 제자가 얼마나 귀엽고 예쁜지를 실감한 공무진이었다.

지금도 봐라.

저 찡그린 표정마저 귀엽지 않은가. 본산에 있는 시커먼 사내 제자 놈들과는 감히 비교할 수 없는 귀여움이었다.

그런데 반면에…….

공무진의 눈에 밉살맞은 얼굴이 들어왔다.

"그러게 왜 아침부터 칼을 뽑고 그러세요."

공무진의 몸이 부들부들 떨렸다.

'하필 저런 놈이라니!'

물론 객관적으로 보았을 때, 무인으로서 위연호는 대단하다. 솔직히 인정하지 않을 수 없다.

지금만 해도 그렇지 않은가. 검도 없는 놈에게 기습적으로 달려들었는데 결과가 이렇다.

검집째로 맞았으니 눈탱이가 밤탱이가 된 정도에서 끝났지, 제대로 검을 뽑았다면 머리가 반으로 갈라졌을 것이다.

저런 나이에 저런 무위를 갖춘 이는 고금에 없을 것이다. 그러니 무인으로서는 확실히 대단한 인물이었다.

하지만!

"사람으로는 쓰레기야!"

"네?"

자신도 모르게 본심이 입 밖으로 튀어나온 공무진이 입을 꾹 다물었다.

아무리 좋게 봐주려고 해도 인간으로는 도저히 좋게 봐줄 수가 없었다.

아니!

만약 위연호가 그와 관련이 없는 사람이었다면 그만한 무위를 갖춘 사람에게 게으름이 뭐 그리 큰 단점이겠냐고 옹호를 했을지도 모른다.

하지만!

공무진의 시선이 그의 눈 주위를 문지르면서도 힐끔힐끔 위연호를 돌아보는 이설화에게로 향했다.

'하필이면…….'

세상에 남자가 그렇게 많은데 하필이면 위연호란 말인가.

저런 인간을 부군으로 맞이하면 밥 벌어 먹고살 수도 없다.

"자네 집이 어디라고 했지?"

"광동위가인데요."

"……그럼 돈은 좀 있겠군."

"네?"

실패다.

안타깝게도 경제적인 문제는 집안이 **빵빵**한 걸로 해결이 되고 말았다. 저런 놈이 집안이 좋다는 것은 뭔가 잘못되었다.

청정 도량인 화산의 제자는 속세의 부자 놈들과 어울리지 않는다고 결론을 내린 공무진이 다시 물었다.

"장남인가?"

"차남인데요."

"……."

뭔가 몰아가기가 자꾸 어긋난다.

결국 공무진은 역정을 냈다.

"이이이이! 내 눈에 흙이 들어가기 전에는!"

'허락할 수 없다'는 차마 입으로 나오지 않았다.

퍼억!

눈을 문지르던 계란이 처지면서 주르륵 흘러 내렸기 때

문이다.

"스, 스승님!"

공무진이 계란이 뚝뚝 떨어지는 얼굴로 멍하게 이설화를 바라보았다.

일부러 그런 것은 아니고, 공무진의 말에 너무 당황해서 손에 힘이 들어가 버린 모양이었다.

"아깝다."

위연호가 계란을 보며 입맛을 다셨다.

생각 같아서는 계란 한 판을 모조리 입에 처넣고 싶었다.

'아니, 다행일지도 모른다.'

저놈이 어떤 놈인데.

괜히 말 잘못했다가는 정말 눈에 흙이 들어갈지도 모른다. 아직 창창한 나이에 관 뚜껑을 닫고 싶지 않은 공무진은 한숨을 내쉬며 이설화가 가져다준 수건으로 얼굴을 닦았다.

"그래서 어디로 간다고?"

"낙양으로 간다니까요."

"화산에는 갈 생각이 없고?"

"생각을 해봤는데……."

"해봤는데?"

위연호가 뚱하게 물었다.

"화산은 도가죠?"

공무진의 얼굴에 황당함이 배어 나왔다.

세상에 화산이 도가인지 모르는 사람도 있단 말인가.

적어도 칼밥을 먹고사는 사람이라면 물어야 할 것이 있고, 묻지 말아야 할 것이 있는 법이었다.

"……그럼 불가겠나?"

"도가도 육식은 안 되지 않나요?"

"권장하지 않는 편이지."

"그럼 가봐야 풀떼기밖에 없잖아요."

공무진이 입을 다물었다.

"그, 그럼 화산에 안 가겠다는 이유가?"

"저는 풀만 먹곤 못 살아요."

세상에는 수많은 사람이 있다.

그리고 그 사람마다 제각각의 이유를 가지고 살아간다. 물론 화산에도 수많은 방문객이 있는 만큼 다양한 이유로 화산에 방문하기를 꺼리는 사람도 많았다.

하지만…….

그 많은 이들 중에서 고기가 없어서 화산에 오르지 않겠다고 한 이가 세상에 단 하나라도 있던가.

"그게 그리 중요한가?"

"중요하죠. 먹고 자는 것보다 중요한 게 세상에 어딨어요?"

옳은 말이다.

옳은 말이기는 한데…….

그 옳은 말이 왜 이렇게 서글프게 들린단 말인가.

"낙양에 가서는 뭘 할 생각인가?"

"그것까지는 생각 안 해봤는데요."

"그럼 목적도 없이 낙양에 가는 것 때문에 화산에 들르지 않겠다는 건가?"

"아뇨. 고기 때문이라니까요."

"……."

이건 안 될 놈이다.

이건 절대로 안 될 놈이다.

대체 어떻게 정협검 위정한에게서 이런 자식이 났단 말인가.

말 그래도 호부 밑의 견자…… 아니, 아무리 봐도 위연호가 더 센 거 같으니 견부 밑의 호자…… 이것도 아니고…….

"그럼 어쩔 수 없이 이쯤에서 헤어지……."

꾸욱.

"자, 잠깐!"

다시 계란을 문지르던 이설화의 손에 힘이 들어가는 것이 보였다. 단련된 검수인 그는 손의 미묘한 움직임만으로도 그것을 파악하는 것이 가능했다.

이런 곳에 쓰려고 익힌 능력은 아니지만 말이다.

말 한마디 잘못했다가 계란으로 또 세수를 하게 생기지 않았는가.

공무진이 고개를 들어 가만히 이설화를 바라보았다.

표정 자체는 무표정한데…….

'대체 뭐가 좋은 것인가!'

공무진은 자신이 이설화를 너무 오래 산에 잡아두었다고 생각했다. 산에서 보던 사람이라고는 사형들뿐이니 남자를 보는 눈이 이상해진 것이다.

무학에 전부를 건 무인들만 보다가 위연호 같은 별종을 보니 신기하기도 했겠지. 하지만 그건 애정이 아니다.

'이대로 산으로 돌아간다면 문제가 생긴다.'

애정이란 미묘한 것이라서 그것이 진짜 애정이 아니더라도 그러다 보면 진짜 애정이 생겨나기도 한다.

괜히 지금 화산에 데려가 두면 위연호에 대한 생각을 하다가 애정이 굳어져 버릴지도 모른다. 가장 좋은 방법은 위연호를 좀 더 지켜보게 만들어서 스스로 정을 떼게 만드는 것이었다.

공무진은 확신할 수 있었다.

상대가 위연호이기 때문이다.

아무리 눈에 콩깍지가 씐 사람이라고 해도 위연호가 게으름을 피우는 걸 칠 주야만 본다면 콩깍지를 불태워 버리지 않고서는 못 버틸 것이다.

"그럼 우리도 동행하겠네."

"네?"

"낙양으로 간다고 하지 않았는가."

위연호가 고개를 끄덕였다.

"어차피 경험 삼아 나온 길이니, 설화에게 정천맹을 보여주는 것도 좋겠지. 그렇지 않느냐?"

이설화가 고개를 끄덕였다.

"네, 보고 싶어요."

"그런 의미에서 앞으로도 잘 부탁하겠네."

"……제 의견은 들어보지도 않는 건가요?"

"허허허, 서로 좋은 일이 아니겠나."

"생각이 전혀 다른 것 같습니다만."

"걱정하지 말게. 내가 아무리 그래도 위정한 위 대협과 안면이 없는 것도 아니고, 그 아들이 낙양으로 호위도 없이 간다는데 어찌 그냥 보낼 수가 있겠는가."

"호위요?"

굳이 그렇게 지적하지 않아도 자신이 한 말이 얼마나 말 같지 않은지 공무진도 잘 알고 있었다.

위연호를 호위하라니, 차라리 호랑이가 산중에서 토끼에게 맞아 죽지나 않을지를 걱정하는 게 더 현실성이 있었다.

"무공만이 전부가 아니네. 자네는 암습이나 독 같은 것에 대한 면역이 없지. 그러니 내가 그런 부분에 대해 도움을 줄 수도 있을 걸세."

"제가 독 먹을 일이 뭐가 있어요."

"강호는 무서운 곳일세. 자네가 지금까지 만든 원한이 없다고 할 수 있겠는가?"

"네."

"……응?"

위연호가 태연한 얼굴로 말했다.

"딱히 원한을 산 적은 없는 것 같은데요?"

물론 녹목풍이나 곽도산이 들었다면 피를 토할 말이기는 하지만, 공무진이 알 수 있는 일은 아니었다.

"후후, 그건 생각을 깊이 하지 못한 걸세. 어디, 자네의 원한만이 원한인가. 자네 가문을 생각해야지."

"으음……."

위연호는 인정할 수밖에 없었다.

그의 집에는 원한을 산처럼 쌓고, 그 산에서 원한으로 탑까지 쌓아 올린 존재가 있지 않은가.

"위정한 대협에게 원한을 가진 사람은 한둘이 아니네. 특히나 마두 놈들이 위정한 대협에게 원한이 많지. 그런 이들은 정정당당하게 자네를 노리지 않을 걸세. 그러니 나와 동행한다면 그런 위협에서 벗어날 수 있지."

공무진이 회심의 미소를 지었다.

"자, 어떤가?"

그러자 위연호가 빙긋 웃더니 대답했다.

"싫은데요?"

"끄으응."

이젠 딱히 놀랍지도 않은 공무진이었다.

39장
게으름뱅이, 재회하다

불행이라는 것은 그런 거거든.

사람이 불행을 생각할 때는 찾아오지 않다가 불행을 생각하지 않으면 은근슬쩍 옆으로 다가와 있는 것이 불행이지.

그렇게 생각하지 않나?

문제는 그 인간의 주변에는 그 불행이라는 것이 늘 상주한다는 거야.

더욱 사람이 참을 수 없게 만드는 것은, 막상 자기는 그 불행의 영향을 받지 않는다는 것이지.

움직이는 것만으로 불행을 몰고 다녀 주변을 끔찍하게 바꿔 버리는 인간이 막상 자기는 아무런 피해 없이 유유히 빠져나가는 걸 보면 어떨 거 같나?

응?

왜 욕을 하나?

욕한 게 아니라고? 대답한 거라고?

내가 지금 들었는데 욕한 게 아니라고?

너, 한 대 맞을래?

요즘 것들은 쯧쯧.

"나산에서 벌어진 사건이라면?"

사가의 말에 광주신개는 두말없이 고개를 끄덕였다.

"그래, 알고 있겠지?"

"그게 검황의 유진 쟁탈전이었습니까?"

"몰랐던 건가?"

"나산에서 혈사가 있었다는 것이야 알고 있었지만, 그것이 검황의 유진 때문인 줄은 몰랐습니다."

"자네는 대체 아는 게 뭔가?"

"……."

사가는 매우 억울한 표정을 지었다.

다른 것은 몰라도 무림사(武林史)에 관한 것이라면 당금 강호에서 그보다 더 정통한 사람은 없다고 자신할 수 있었다. 물론 그 시대를 살아온 이들에게는 비할 수 없겠지만, 대신 그는 그들이 살아보지 못한 세계에 대해서는 그들 이상의 정보를 가지고 있지 않은가.

그런데 사이비 취급이라니.

"역사라는 건 그리 정확하게 전해지지 않는군."

광구신개가 알겠다는 듯 말했다.

"그럼 우리가 지금까지 알고 있던 일들도 사실은 사실이 아닐 수도 있겠구만."

"사실 그런 경우를 여러 번 보았습니다."

"흠……."

광구신개가 조금 신중한 얼굴이 되었다.

"그도 그럴 것 같군. 요즘 마교에 대해 말하는 것을 듣다 보면 무슨 괴물들만 살던 곳갈이 이야기하더구만."

그 말에 사가가 고개를 번쩍 들었다.

"아닙니까?"

"응?"

광구신개의 눈초리가 가늘어지자 사가가 눈을 질끈 감았다. 고작 말 한마디 했을 뿐인데 다시 사이비를 보는 듯한 눈으로 자신을 바라보고 있었다.

이래서야 무서워서 무슨 말이라도 할 수 있겠는가.

"이보게."

"예."

"마교에 살던 사람이 몇인 줄은 아는가?"

"……."

"보통 마교라고 하면 마인들이 모여서 있는 무인 집단이라 생각하기 쉽지만, 그 본질은 종교 단체라고 할 수 있네. 그곳이 그리 악독한 악마들만 살던 사교(邪敎)라면, 그 사람들이 왜 그 비호 아래 살아갔겠는가?"

"하지만 역사에는……."

"역사는 승자의 것이지."

광구신개는 고개를 저었다.

"그러게 그것도 다 그놈 탓이라니까."

"네?"

"애초에 그놈이 정리를 조금만 해줬어도 그리 꼬이지는 않았을 것인데, 다 귀찮다고 드러누워 버리니 뭐가 제대로 돌아갔겠는가."

"광휘무존을 말씀하시는 겁니까?"

"그럼."

광구신개가 연신 고개를 끄덕였다.

"여하튼 제대로 하는 일이 없는 놈이라니까. 가는 길마다 사고나 치지를 않나."

"하지만 이번 나산의 혈사만큼은 그분이 관여한 것이 아니잖습니까."

"아닌 것 같나?"

"……예?"

"잘 생각해 보게. 거기서 위연호가 검황이 누군지만 알았어도 혈사는 일어나지 않았겠지."

"아!"

생각해 보니 그러했다.

위연호가 검황이 자신의 사부인 백무한을 가리키는 것임을 알았더라면 공무진을 통해 그곳에 검황의 유진이 없다는 것을 알릴 수 있었을지도 모른다.

"딱히 그게 잘못이라고는 할 수 없는 건데……."

사가가 미묘한 표정이 되었다. 분명 그건 잘못은 아니지만, 뭔가 찝찝함을 배제할 수가 없었다.

"그게 전부면 다행이지."

"……네?"

사가의 얼굴이 살짝 일그러지기 시작했다.

이제는 무슨 말이 나올지 미리 짐작할 수 있을 만큼 위연호를 알게 된 그였다.

* * *

위연호는 미묘한 기분에 휩싸여 있었다.

이렇게 해가 내리쬐는 나른한 오후에 남들은 먼지 맞으며 가야 하는 길을 안락한 침상에 누워서 갈 수 있다는 것은 매우 기쁜 일임이 분명하다.

특히나 위연호 같은 게으름뱅이에게는 더없이 좋은 상황이었다.

하지만 이 즐거운 상황에 위연호는 웃을 수가 없었다.

"날씨가 이리 좋은데 그리 마차 안에만 박혀 있다 보면 호연지기를 느낄 수 없는 법일세. 그러니 이제 그만 나와서 맑은 공기를 마시며 진정한 무도(武道)에 대해 고민을 해보는 것은 어떻겠는가? 자네처럼 젊은 무인이 이리 시간을 낭비한다는 것은 무림은 물론이고, 이 중원에 크나큰 손실이라고 하지 않을 수 있겠……."

위연호는 이불을 쥐어뜯어 귀에 틀어박았다.

매화검귀?

대체 어느 놈이 매화검귀라는 별호를 만들었단 말인가.

저건 매화검귀가 아니라 매화구귀(梅花口鬼)였다. 화산에 구귀공(口鬼功)이 있다는 말은 들어본 적도 없는데, 이쯤 되면 마인들을 상대로 새로 개발한, 자하신공을 뛰어넘는 무공이지 않을까 고민될 정도였다.

"카아악!"

위연호가 밖을 향해 소리를 질렀다.

"아저씨는 잠도 없어요?"

"오, 말 잘했네. 모름지기 무인이라 한다면 잠이 적어야 하는 법이지. 인간은 하루에 겨우 열두 시진을 쓸 수 있을 뿐이네. 그런데 그 열두 시진 중 무려 네 시진이나 잠을 자는 사람도 있다는 말이지. 참 안타까운 일이야. 사람이 열두 시진 중에 네 시진이나 잠을 잔다면 활용할 수 있는 시간은 겨우 여덟 시진밖에 되지 않는 것 아니겠나. 그 여덟 시진에서 밥을 먹고 꼭 필요한 생리적인 현상을 해결하는 시간을 제외한다면, 막상 사람이 쓸 수 있는 시간은……."

위연호는 이불을 뒤집어썼다.

차라리 말을 하지 않는 것이 낫다.

"이래서 같이 가기 싫다고 한 건데."

따라오겠다는 사람을 말릴 수가 없었다. 막무가내로 같이 가겠다는 사람을 어찌 막겠는가.

상대가 마두라면 패버리면 그만이겠지만, 나름 화산의 명숙인데다 은근히 위정한 대협을 입에 달고 살면서 그를 압박하는 공무진이었다.

'맞아 죽는다.'

세상에는 일방적인 관계라는 것이 있다.

그가 아무리 강해졌다고는 해도 천륜이라는 것이 있는 법.

위정한이 그를 패 죽이겠다고 달려든다면 그가 할 수 있는 대응은 도망치는 것 말고는 없었다.

문제는 그의 아버지 위정한은 도망치는 마두를 잡아서 족치는 것으로만 반평생을 보내온 사람이라는 것이다.

목숨 걸고 도망치는 마두도 잡는데, 맞기 싫다고 도망치는 게으름뱅이 정도야 손바닥 안에 있다고 해도 과언이 아니었다.

'그냥 도망칠까?'

이 불편함을 벗어나는 방법은 오로지 도망치는 방법밖에 없다. 하지만 보나마나 저 찰거머리 같은 공무진은 결코 그에게서 떨어지려 하지 않을 것이다.

그러고는 아침저녁으로 그에게 비무를 요청해 대겠지.

아무리 위연호가 무시하려고 한다 해도 공무진의 깐죽신공은 이미 십성에 올라 완숙의 경지에 접어들어 있었다. 저 깐죽거림을 참느니, 그냥 패버리는 게 속이 편하다는 것을 깨달은 이후로는 아침저녁으로 어쩔 수 없이 비무를 하고 있는 실정이었다.

그러니 고단할 수밖에.

'특단의 대책이 필요해.'

하지만 귀찮다.

뭔가 대책을 세워야 한다는 생각은 들지만, 그 대책을 고민하거나 행동으로 옮기는 것이 불가능하다는 것은 위연호 스스로도 아주 잘 알고 있었다.

당장 창밖으로 들어오는 햇살이 이리 따스하고 이불이

이리 포근한데, 생각은 무슨 생각이라는 말인가. 그냥 잠이나 자면 되지.

내일 일은 내일이 알아서 할 것이다.

위연호가 천천히 잠에 빠져들 때, 갑자기 마차가 덜컹대더니 멈춰 섰다.

"으응?"

아직 한창 길을 가는 와중일 텐데, 왜 마차가 멈췄는지 모를 일이었다.

"말씀 좀 묻겠습니다."

서문다연은 마차 앞에 선 이들을 보고 고개를 끄덕였다. 무시하고 지날 수 있음에도 굳이 마차를 세운 이유는 그들을 잡아 세운 이들이 입고 있는 무복이 그녀의 눈에 매우 익숙한 것이었기 때문이다.

새하얀 색의 실용적인 무복.

그리고 어깨에 새겨져 있는 용(龍)의 자수.

그것만으로도 이들이 어디서 온 자들인지 짐작할 수 있었다. 그녀도 얼마 전까지는 같은 곳 소속이었기에 더더욱.

이들이 바로 숭천정무맹의 잠룡무관 관도들인 것이다.

"관도들이 이곳에는 무슨 일이죠?"

서문다연의 질문에 마차를 잡은 이들이 그녀에게로 시선을 집중했다.

"혹시 맹의 소속이십니까?"

"비연각이에요."

"아, 그러시군요."

가장 앞에 선 이가 앞으로 나서 포권을 했다.

"만나 뵙게 되어 반갑습니다. 저는 잠룡무관 소속의 상관홍입니다."

서문다연의 눈에 이채가 어렸다.

"소문은 익히 들었어요, 후배님. 당신이 바로 그 검룡(劍龍)이군요."

"허명일 뿐입니다."

"그래서 뭘 묻고 싶은 거죠?"

상관홍이 곤란한 얼굴로 뒤를 돌아보았다. 뒤를 따르고 있던 이들이 눈치를 주자 상관홍이 어쩔 수 없다는 듯 한숨을 쉬고는 말을 이었다.

"부끄러운 일이지만, 저희가 길을 잃은 것 같습니다. 나산으로 향하는 중인데, 혹여 저희가 길을 옳게 가고 있는지 여쭐 수 있겠습니까?"

서문다연의 눈이 가늘어졌다.

"길을 잃었다구요?"

"아무래도 저희가 초출(初出)인지라……."

"이상한 일이군요."

서문다연이 가만히 입을 열었다.

"무관 출신들이 나산으로는 왜 향하는 거죠? 그리고 무관 출신들은 정해진 때가 아니면 출관(出館)이 금지되어 있을 텐데요? 명확한 답을 주지 않는다면 규정을 어기고 무단이탈한 것이라 받아들이겠어요."

상관홍이 곤란하다는 듯이 고개를 저었다.

"그, 그게 아닙니다. 저희는 지금 정무맹의 명으로 나산으로 지원을 가는 중입니다."

"지원?"

"예. 나산의 상태가 워낙 좋지 않아서 고양이 손이라도 빌리고 싶은 상태라고 합니다. 본 맹에서 지원을 보내기는 했으나 각파의 지원이 늦어지고 있는 관계로 일단 무관에서도 급히 소수를 지원하기로 했습니다. 저희는 그 명을 받고 지금 나산으로 향하고 있는 중입니다."

"……그렇군요."

서문다연이 눈앞의 삼남 이녀를 돌아보았다.

'그럼 이들이?'

무관은 불규칙적으로 입관을 받는 편이지만, 나름 사 년 정도의 시간을 두는 것이 일반적이었다. 그것으로 기수가 정해지고 졸업을 앞둔 기수 중 가장 뛰어난 이들 다섯을 용(龍)과 봉(鳳)으로 칭하는 전통이 있었다.

당사자들이 싫어하는 경우도 많지만, 전통은 전통인지라 지금까지는 지켜지고 있는 편이었다. 애초에 무관의 이름이

잠룡무관이니, 용이라는 호칭이 붙는 것은 자연스럽다고 할
수 있었다.

"그럼 당신들이 삼룡이봉이로군요."

서문다연의 말을 들은 이들이 고개를 끄덕였다.

무관에서 외부로 지원을 보낸다면 확실히 이들을 보내는
것이 자연스러웠다.

"그렇습니다."

서문다연이 막 입을 열려는 순간, 마차 위에 있던 공무진
이 입을 열었다.

"그럼 네가 그 검룡인가?"

"……선배님께서는?"

"제법 기세가 살아 있구나. 나는 공무진이라고 한다."

순간, 상관홍의 눈이 흔들렸다.

"매, 매화검귀 공무진?"

눈앞에 화산을 대표하는 검의 고수가 있는 것이다.

"만나 뵙게 돼서 영광입니다."

상관홍이 급히 포권을 하자 공무진이 껄껄 웃으며 마차
에서 뛰어내렸다.

상관홍은 상관세가의 장남으로, 현재 상관세가의 소가주
직을 맡고 있었다.

천하에 이름 높은 상관세가의 소가주라는 것만으로도 웬

만한 이들은 감히 그를 무시할 수가 없었지만, 상관홍은 결코 가문의 위세를 믿고 설치는 애송이가 아니었다.

그는 상관세가의 소가주인 상관홍보다는 잠룡무관 제일 후기지수인 검룡이라는 별호로 더 유명했다.

좀 더 풀어서 이야기하자면, 상관홍은 현재 가장 촉망 받는 후기지수라고 할 수 있었다.

하지만 제아무리 그런 상관홍이라고 하더라도 눈앞에 서 있는 중년인에게는 경의를 표할 수밖에 없었다.

'매화검귀 공무진.'

검의 총아라 불리는, 화산을 대표하는 검수.

수많은 매화검수 중에서도 단연 독보적인 실력을 가졌다고 평해지는 인물이다.

아무리 상관홍이 후기지수 중에서는 손꼽히는 실력을 갖추었다 하더라도 매화검귀 공무진의 이름 앞에서는 보름달 앞의 반딧불이 될 수밖에 없었다.

"이런 외진 길에서 선배님을 만나 뵙게 되다니, 제가 무척이나 운이 좋은 것 같습니다."

"하하, 촉망 받는 후배를 만나는 것은 내게도 즐거운 일이지. 여행길에 즐거움이 하나 더 늘었구만."

서로 덕담을 나누면서도 상관홍의 눈은 마차에 고정되어 있었다.

비연각의 미녀가 모는 마차.

그 천장에는 매화검귀 공무진이 앉아 있다. 그렇다면 마차 안에는 대체 누가 타고 있을 것인가.

'화산 장문인이라도 타고 있나?'

그럴 리는 없을 것이다.

화산은 무인들의 문파. 장문인이라고 하더라도 마차를 타고 편히 여행을 할 리가 없었다. 하지만 상식적으로 생각해 보건대, 그에 걸맞은 이가 타고 있을 수밖에 없었다.

'나이가 많은 이는 아니다.'

상대가 공무진보다 항렬상 위라거나 나이가 더 많았다면 공무진이 마차 지붕에 타고 오는 실례를 범하지는 않았을 것이다. 그렇다면 공무진 이상의 신분을 가지고는 있지만, 공무진과 비슷하거나 어린 사람이라고 봐야 했다.

당금 강호에서 이만한 조건을 충족시키는 사람이 몇이나 있을 것인가.

"뒤의 친구들은 소개시켜 주지 않을 텐가?"

상관홍은 순간적으로 아차 하는 심정이 되어 고개를 조아렸다.

'이런 실례를.'

안에 누가 타고 있든 공무진이 함부로 대할 수 없는 사람이라는 것은 변치 않는 사실이었다. 그런데 다른 곳에 한눈을 팔다니, 이것은 예의에 어긋나는 일이었다.

"실례했습니다. 이 친구들은 저와 함께 잠룡무관에 소속

되어 있는 이들입니다."

"권룡입니다."

"도룡입니다."

그 후로도 검봉과 무봉이라 불린 여자들이 인사를 했다.

"하하, 설화야, 설화야!"

"네, 스승님."

"이리 오너라. 또래를 보았으면 인사를 하고 교류를 나누는 것이 좋다."

"예."

이설화가 마부석에서 내려 쪼르르 달려왔다.

"이 아이는 이설화라고 하네. 내 제자지."

검룡이 눈에 이채를 띠었다.

매화검귀 공무진은 매우 오만한 사람으로 이름 높았다. 그에 걸맞게 그 제자들도 하나같이 천하의 기재라 알려져 있었다.

'그렇다면 이 소저도 검재겠구나.'

무척이나 예쁘고…… 앙증맞고, 귀여운 소저이기는 하지만, 저 매화검귀 공무진의 제자라면 겉으로 보이는 것과는 달리 굉장한 실력을 소유하고 있다고 봐야 했다.

무척이나 귀엽기는 하지만 말이다.

"만나 뵙게 되어서 반갑습니다. 저는 검룡 상관홍이라고 합니다."

"네, 반가워요."

검룡의 눈썹이 꿈틀했다.

말은 반갑다고 하지만, 이설화는 조금도 반가워하는 눈치가 아니었다. 되레 빨리 이 자리를 벗어나고 싶다는 표정이 역력했다.

그 사실이 상관홍의 자존심을 상하게 했다.

'무봉 이후로 이런 반응은 또 처음이로군.'

지금 그의 등 뒤로 서 있는 이봉 중 무봉은 무공 외에는 아무런 관심이 없는 것으로 유명했다. 게다가 무봉은 남자를 알기에는 나이가 너무 어렸다.

하지만 그 무봉을 제외하고는 지금까지 그를 이런 식으로 바라본 여자는 없다고 해도 거짓이 아니었다. 외모와 배경, 그리고 그 실력까지.

어디 하나 빠지는 부분이 없는 사람이 상관홍 아닌가.

"천하에 이름이 자자하신 공무진 대협의 제자분을 뵙는 행운은 쉽게 오지 않는 일이라 생각합니다. 혹여 그럴 의향이 있으시다면 제게 화산의 검을 견식할 수 있는 기회를 주지 않으시겠습니까?"

정중하게 비무를 신청했다.

'나에 대해 잘 모르는 모양이지.'

화산이 아무리 속가적인 성향이 있다고는 하지만, 대문파의 경우는 산속에 박혀 있다 보니 현실적인 인식이 부족

한 경우가 많았다.

그렇다면 그의 실력을 제대로 보여줄 필요가 있었다.

"실력을 겨루는 것은 좋은 일이지만, 제가 환란을 겪어 현재 몸 상태가 완전하지 않으니, 그건 다음 기회로 미루도록 하지요."

이설화는 깔끔하게 상관홍의 비무 신청을 잘라냈다.

"무슨 일이 있으셨습니까?"

"마두를 만났습니다."

"저런! 큰일 날 뻔하셨군요. 그래서 그 마두는 어찌 되었습니까?"

이설화는 대답 없이 가만히 뒤를 돌아보았다.

"……으음?"

상관홍의 시선이 이설화의 시선을 쫓았다. 이설화의 시선이 닿아 있는 곳을 보니…….

"……."

저게 뭐지?

저거, 사람인가?

상관홍의 몸이 부르르 떨렸다. 그의 눈에 원래 머리에 비해 족히 두 배는 부풀어 올라 찐빵 같은 머리를 가지고 있는 사람이 보였다.

'사람이 어떻게 저런 꼴이 될 수가 있지?'

웬만큼 맞아서는 저런 꼴이 되지 않을 것이다. 더 놀라운 것은 사람이 저 지경이 되도록 맞았는데 아직 살아 있다는 점이었다.

얼마나 기술적으로 패면 저 꼴로도 숨을 붙여놓을 수가 있단 말인가.

"……무슨 죄를 지었기에?"

이설화가 대답을 망설이자 공무진이 대신 대답을 해주었다. 아무래도 여자가 말하기에는 민망한 죄이니까.

"색마일세."

"그렇군요."

상관홍이 고개를 끄덕였다. 색마라면 저런 꼴을 당해도 싸다.

"그럼 지금 정무맹으로 색마 놈을 압송하는 중이시군요."

"음, 겸사겸사 그렇다고 해두지."

공무진은 자세한 내용은 말하지 않았다.

"이런 길에서 인재를 만나서 반갑기는 하지만 대화를 나누기에는 적절하지 않은 것 같군. 가까운 마을을 찾는다고 했던가?"

"그렇습니다."

"음, 나도 이쪽 길에는 정통하지가 않아서."

공무진이 곤란하다는 얼굴로 바라보자 서문다연이 고개를 끄덕이고는 대신 대답을 해주었다.

"길을 따라 쭉 가다 보면 백 리 내에 마을과 객잔이 나올 거예요. 길을 잘못 든 것이 아니니, 계속 가시면 됩니다."

"감사합니다."

상관홍이 서문다연을 향해 깊게 읍을 했다.

"하하하."

공무진은 기분이 좋았다.

예의를 알고 연장자를 존중할 줄 아는 후기지수를 만나니 이리 기분이 즐겁지 않은가. 어찌 보면 이게 당연한 것인데, 그동안 너무 상식적이지 않은 이와 함께하고 있다 보니 이런 당연한 행동만으로도 상관홍에게 호감이 생기고 있었다.

"시간이 바쁘지 않으면 동행하여 이런저런 이야기를 하고 싶지만, 나산으로 가고 있다 하니 동행하기가 힘들 것 같구만. 아쉬운 일일세."

"저 역시 선배님에게 많은 조언을 구하고 싶은 마음이 적지 않습니다."

상관홍은 정말 아쉽다는 얼굴로 입맛을 다셨다.

이것은 가식이 아니었다.

매화검귀 공무진 같은 검수를 만나는 것은 쉬운 일이 아니다. 그리고 그 정도의 수준에 오른 검수에게 호감을 끌어낸다는 것은 더욱 어려운 일이었다.

그런데 까칠하기로 유명한 공무진이 지금 그에게 확연한 호의를 보이고 있었다. 검수로서 이런 기회를 놓친다는 것은 너무도 안타까운 일이었다.

"으음, 그렇군."

공무진이 고개를 돌려 하늘을 바라보더니, 서문다연에게 말했다.

"이 앞쪽으로 가더라도 객잔이 있는가?"

"예, 선배님. 앞쪽으로 가면 삼십 리 정도 거리에 객잔이 있습니다. 오늘은 안 그래도 거기서 묵으려 하고 있었습니다."

"흐음, 어떤가? 나산으로 가는 길도 급하겠지만, 조금 있으면 해가 질 텐데, 오늘은 조금 돌아가더라도 우리와 같은 객잔에 묵지 않겠는가?"

상관홍이 화색이 되어 뒤를 돌아보았다. 그의 동료들도 다들 고개를 끄덕여 주고 있었다. 그들 역시 매화검귀 공무진이라는 사람과의 인연을 이대로 끊고 싶지는 않은 심정 같았다.

"공 대협께서 저희를 청해주시는데 후배 된 도리로 어찌 거절할 수 있겠습니까."

"하하하, 그래주겠는가."

공무진은 진심으로 즐겁다는 듯이 미소를 지었다. 그러면서도 그의 눈은 이설화를 힐끔거리고 있었다.

'기회다.'

공무진의 노림수는 따로 있었다.

아무리 간만에 예의 바른 후배들을 만나서 기분이 좋다고는 하지만, 그렇다고 해서 그들과의 동행을 자처할 만큼 공무진은 마음이 넓은 사람은 아니었다.

그럼에도 굳이 그들과 동행하려 한 이유는 이설화에게 제대로 된 인간이란 무엇인가를 보여주기 위해서였다.

삼룡이봉이라면 당금 강호에서 이설화의 또래로는 가장 뛰어난 인물들이다. 그런 이들과 하루라도 같이 지내본다면 이설화의 눈도 뜨일 것이다.

'절대로 내 제자는 못 준다.'

어디 저런 인간에게 제자를 준단 말인가.

이설화가 위연호와 맺어져 아이를 데리고 오는 상상만으로도 오장육부가 뒤집어질 것 같았다.

공무진은 빠득빠득, 이를 갈았다.

"……선배님?"

"음? 아니, 아닐세! 어서 출발하도록 하지."

공무진이 미소를 지어 상황을 정리하고는 마차를 출발시켰다.

마차가 출발하자 공무진은 다시 마차 위로 올라갔고, 삼룡이봉들은 마차의 옆을 걸었다. 서문다연은 그들의 걸음에 맞춰서 마차의 속도를 조절하며 입을 열었다.

"진 노사께서는 잘 지내고 계신가요?"

"여전히 정정하십니다. 정정하다 못해 수련생들을 괴롭히는 것을 낙으로 알고 계시지요."

"여전하시네요. 그래도 진 노사께서는 재능 있는 이들을 아끼시지요. 삼룡이봉 정도가 되면 진 노사의 귀여움을 받으실 것 같은데, 아닌가요?"

상관홍이 고개를 저었다.

"아쉽게도 전혀 그렇지 않습니다. 전 기수에 비해 저희가 많이 부족하다는 말을 자주 듣습니다. 더 노력해야 한다구요."

"섭섭하지는 않으신가요?"

"원래라면 섭섭해야 하겠지만, 사실이니까요."

서문다연이 나직하게 웃었다. 상관홍이 겪고 있는 고뇌를 그녀도 알 것 같았다.

"억울해하실 것 없어요. 같은 기수였던 저희도 심심하면 같은 말을 들었으니까요."

"그러실 것 같습니다."

"잘못을 따져야 한다면 진 노사가 아니라, 그 사람을 탓해야겠지요. 후기지수라기에 그 사람은 너무 과하잖아요."

상관홍은 고개를 끄덕였다.

잠룡무관이 배출해 낸 역대 최고의 졸업자라고 불리는 이가 바로 앞 기수라는 것이 그의 불행이었다. 그리고 현 잠룡무관의 최고수라 불리는 상관홍이다 보니 필연적으로 비교를 당해야 했다.

척마검 위산호.

그가 잠룡무관에 남기고 간 그림자는 그만큼이나 짙었다.

지금까지 잠룡무관이 배출해 낸 이들 중 위산호가 최고수라고 할 수는 없겠지만, 졸업 성적만으로 비교를 한다면 역대 최고라는 것에 이견이 없을 정도였다.

"당연히 받아야 하는 비교라고 생각합니다. 그리고……."

상관홍의 눈이 빛났다.

"지금은 그보다 못하다는 것을 인정하겠지만, 반드시 뛰어넘어 보일 것입니다."

"풋."

그때, 마차 안에서 나직한 웃음소리가 흘러나왔다.

상관홍이 고개를 갸웃하며 마차 안을 바라보았다.

웃음소리가 터져 나온 시점이 절묘했다.

상관홍의 시선이 마차 안으로 향하자 서문다연이 황급하게 말을 돌렸다.

"상관청원 노사께서는 잘 지내고 계신가요?"

"조부님을 아십니까?"

"예전에 뵌 적이 있어요."

"아!"

상관홍이 고개를 끄덕였다. 그의 조부는 바람 같은 사람이라서 이곳저곳에 많은 인연을 만들어두었다. 서문다연이 그 인연의 한 고리를 이었다고 해서 이상할 것은 없는 것이다.

서문다연은 슬쩍 뒤를 돌아보았다.

'재미있는 아이들이네.'

기수의 차이가 있다고 해도 삼룡이봉쯤 된다면 무위로는 이미 그녀를 넘어섰다고 봐야 한다.

하지만 나이가 아직 어려서인지 얼굴에 앳됨이 남아 있었다.

검룡인 상관홍과 도룡이라 불리는 팽도형, 그리고 권룡 언효.

검봉 남궁혜와 무봉 종미려까지.

'귀엽게 느껴지는 게 이상한 건가?'

얼마 전의 그녀라면 이들을 보는 순간 긴장을 했을 것이다. 하지만 지금은 그들이 그저 귀엽게만 보였다.

서문다연은 그 원인이 무엇인지 알고 있었다.

드르렁.

마차 안에서 들리는 코 고는 소리에 그녀가 얼굴을 붉

했다.

'애들도 있는데…….'

체면도 모르는 사람 같으니.

서문다연이 고개를 휘휘 저었다.

따지고 보면 위연호 또한 이 아이들과 다를 것이 없다.
나이로 보면 오히려 상관홍이 위연호보다 많을 것이다. 하
지만 위연호는 이미 검귀 공무진과 투닥투닥하는 사이였
다.

'생각해 보면…… 대체 뭐하는 괴물이지?'

나이로 따진다면 이들과 어울려야 한다. 그런데 위연호
는 이미 그 나이에 공무진을 상처 없이 때려잡을 무위를 갖
추고 있었다.

너무도 어이없는 일이라 지금까지는 현실감이 없었는
데, 이들을 보고 있자니 현실감이 확 들었다. 지금 그
녀는 무림사에 이름을 남길 이를 태우고 있는지도 몰랐
다.

'그리고 나는 그의 마부로 이름을 남기겠지.'

생각하면 할수록 서글픈 일이었다.

그녀의 서글픔을 위로하기 위해서인지 얼마 지나지 않아
마을이 나오고 객잔이 보였다.

"오늘은 이곳에서 묵을 거예요."

"알겠습니다."

서문다연의 말이 끝나기가 무섭게 공무진이 마차에서 뛰어내렸다.

"그럼 방을 잡아보자꾸나. 자네들은 자네들 선배가 마차를 정리하는 것을 도와주지 않겠는가?"

"당연히 해드려야지요."

상관홍이 기분 좋게 고개를 끄덕였다.

평소라면 명문의 자제들인 그들이 말을 돌보는 것을 기꺼워하지는 않겠지만, 검귀를 만나 가르침을 받을 수 있는 기회를 얻었는데 그쯤 못하겠는가.

상관홍 등이 달려 나온 점소이와 함께 마차에서 말을 분리했다.

"……그런데 안에 타고 계신 분이 있지 않습니까?"

상관홍의 말에 서문다연과 공무진이 동시에 얼굴을 찌푸렸다.

"내버려 두게."

"일단 두세요."

"네?"

상관홍이 고개를 갸웃하자 서문다연이 부연을 했다.

"다 자고 나면 배고프다고 알아서 나올 것이니, 그전에는 내버려 두세요. 괜히 깨우면 일만 커지는 사람이니까요."

상관홍이 눈살을 찌푸렸다. 들으면 들을수록 안에 타고

있는 인물이 대체 어떤 사람인지 짐작이 가지 않았다.

　마차를 대충 정리하고 나서 방을 잡고서야 사람들이 식사를 하기 위해서 일층으로 내려왔다.

　공무진은 기분 좋은 미소를 지으며 후기지수들을 맞았다.

　"이렇게 앞으로 강호를 이끌어갈 동량들을 보게 되어 반갑네. 사해에 명성이 자자한 분들을 만나게 되어 영광이고."

　상관홍이 고개를 숙였다.

　"허명입니다."

　"허허허, 겸손이 과하구만."

　상관홍이 쓴웃음을 머금었다.

　그는 진심으로 자신이 얻은 이름이 허명이라고 생각했다. 잠룡무관 최고의 후기지수가 강호 최고의 후기지수를 의미하는 것은 아니기 때문이다.

　대체로 잠룡무관에 들어 사사한 이들은 구파를 제외한 오대세가의 인물들이 많았다. 구파 중에서도 드물게는 핵심적인 후기지수가 입관하는 경우도 있지만, 대체로 자파 내에서 훈련을 받는 경향이 강했다.

　이것은 오대세가와 구파의 근본적인 차이에서 비롯된 것이다.

구파는 대외적으로 알려져 있는 대표적인 절기를 제외하고도 수많은 절기들이 있다. 눈앞에 있는 공무진의 화산만 하더라도 매화검법으로 천하에 알려져 있지만, 그 안에는 죽엽수나 육합권 같은 권각술도 있고, 자하신공을 바탕으로 한 암향표와 같은 신법도 일절이었다.

반면, 세가의 경우는 대표적인 절기는 구파에 비해 모자라지 않다고 할 수 있으나, 그 절기를 제외한 다른 것은 빈약한 수준이었다.

당금의 천하제일가라 불리는 남궁세가만 하더라도 제왕검형과 철검이십사식은 천하일절이라 불리나 남궁세가의 권장각술이 뭐가 있는지 아는 이는 드물다.

그러니 경험과 무공의 교류를 위해 잠룡무관 입관이 필수적이 되어버린 것이다.

이러한 이유 때문에 잠룡무관 최고의 후기지수라는 말은 구파의 핵심적 후기지수들을 제외한 이들 중 최고라는 말이 숨어 있는 것이다.

"외람되지만 한 말씀 드려도 될까요?"

무봉 종미려가 입을 열었다.

"호오?"

공무진이 종미려를 흥미롭다는 듯이 바라보았다.

검룡 상관홍에게도 관심이 있는 것은 사실이지만, 지금 공무진이 가장 관심을 가지고 있는 이는 누가 뭐라고 해도 무봉이었다.

다른 이들이 그 출신이 명확한 반면, 종미려는 그 출신에 대해 알려진 것이 거의 없었다. 그럼에도 그녀는 무공에 대한 강한 의지와 과하다 싶을 정도의 수련을 통하여 무봉이라는 별호를 쟁취해 낸 사람이었다.

끊임없는 정진과 무학에 대한 열정을 중요시하는 공무진이 관심을 가지지 않으려야 않을 수 없는 사람인 것이다.

실제로 만나니 들던 것보다 더 어려 보이는 것도 흥미를 끌었다. 저런 나이로 무봉이라는 이름을 얻을 정도라면, 일신의 무학이 보이는 것보다 훨씬 뛰어날 것이다.

"말해보게."

"화산의 검은 천하일절이라 들었습니다. 검을 사용하는 검수로서 화산의 검을 견식할 수 있는 기회를 이대로 놓칠 수는 없지 않겠어요?"

청아한 목소리와 달리 그 내용은 결코 가볍다 할 수 없었다.

공무진이 곤란하다는 듯이 말했다.

종미려의 나이를 고려하면 이설화가 상대하는 것이 맞을 것이다. 이설화가 언니이기는 하지만, 그래도 어느 정도 나이대가 맞으니까.

그렇지만 이설화의 내상이 완전히 나은 듯 보이지도 않는 상황에서 비무를 하라고 권할 수는 없는 노릇이었다.

'그러다가 생채기라도 나면 어떻게 하라고.'

이전이었다면 무인이 완전한 상황에서만 싸우려 드는 것은 강호를 얕보는 것이라고 이설화의 등을 떠밀었겠지만, 위연호 덕분에 제자 사랑이 나라 사랑임을 알게 된 공무진이었다.

"안타깝게도 설화의 내상이 다 낫지 않았다네."

종미려는 천천히 고개를 저었다.

"이설화 소저와 겨룰 수 있다면 더없이 즐거울 것 같지만, 상황이 그렇다면 어쩔 수 없지요. 하지만 여기에서 화산의 검을 쓸 수 있는 사람이 이 소저 하나뿐인 것은 아니잖아요?"

공무진의 눈이 가늘어졌다.

서문다연과 다른 이들의 얼굴도 살짝 질렸다.

이설화를 제외한다면 이곳에서 화산의 검을 쓸 수 있는 사람은 단 하나뿐이다. 지금 무봉은 매화검귀 공무진에게 비무를 청하고 있는 것이다.

"……지금 나와 비무를 해보겠다는 건가?"

"비무가 아니라 배움을 청하는 거예요."

"허허허, 무봉의 무에 관한 욕심은 알아줘야 한다고 하더니……."

공무진이 허탈하게 웃다가 얼굴을 굳혔다.

"그 의지는 높이 사겠지만, 다시 생각해 보는 게 좋을
걸세. 나는 비무라고 하여 상대를 봐주는 사람이 아니야.
나와 검을 섞겠다면, 그 목이 달아날 각오 정도는 하고 있
겠지?"

후배에게 쓸 만한 말이 아니었다.

그 말인즉슨, 지금 공무진이 꽤나 흥분하고 있다는 뜻이
었다. 새파란 애송이가 한 번 겨뤄보자고 하는데 기분이 좋
을 검수가 누가 있겠는가.

"무를 좇다 죽는다면 그것이야말로 무인에게 가장 어울
리는 죽음 아니겠어요?"

"하하하하!"

공무진이 고개를 끄덕였다.

화는 풀렸다.

무학에 진지한 무봉의 자세가 그를 기껍게 만든 것이다.
하지만 화산의 검이 도전을 받은 이상 대충 상대해 준다는
것은 있을 수 없는 일이었다.

"좋네. 밖으로 나오게. 내가 알려주지, 화산의 검이 얼
마나 위대한지를."

객잔 밖의 공터에 공무진과 무봉 종미려가 마주 섰다.

그 광경을 보며 이설화가 불안한 눈으로 서문다연에게 말했다.

"언니, 말려야 하는 것 아니에요?"

"그래야 할 것 같긴 한데…….'"

서문다연이 깊은 한숨을 내쉬었다. 무봉 종미려가 무공광이라는 말은 들었지만, 다짜고짜 공무진에게 비무를 신청할 만큼 대책이 없는 줄은 몰랐다.

'큰일이 없어야 할 텐데.'

지금까지 그녀가 봐온 공무진은 종잡을 수 없는 사람이었다. 하지만 하나 확실한 것이 있다면 그는 매화검귀 공무진이고, 사람이란 건 그리 쉽게 바뀌지 않는다는 것이다.

위연호와 얽어놓으면 사람 좋은 아저씨처럼 보인다고는 하지만, 그게 공무진의 진짜 모습이었다면 검귀라는 이름으로 불리지도 않았을 것이다.

"조심하는 게 좋을 걸세."

"저의 검 역시 날카롭습니다."

서문다연이 슬그머니 상관홍에게 가서 말했다.

"말려야 하지 않을까요?"

상관홍이 한숨을 쉬며 고개를 저었다.

"무봉은 말릴 수 있는 사람이 아닙니다. 무학에 관련된 것이라면 결코 물러서지 않는 사람이지요."

"하아……."

저 어린 나이에 무봉이라는 이름을 얻었을 때는 그만한 이유가 있을 것이라고 생각하긴 했지만, 설마 이 정도일 줄이야.

열정이 넘치는 것은 좋지만, 이건 너무 과했다.

"삼 초를 양보하지."

무봉이 고개를 끄덕였다.

그러고는 단숨에 허공을 향해 삼검(三劍)을 그어버렸다.

공무진의 눈썹이 꿈틀했다.

"……이게 뭐하는 것이지?"

"저는 세 번의 검을 모두 사용했습니다."

"허허허허……."

공무진이 허탈하게 웃었다. 좋게 보자면 허례허식보다는 어서 제대로 된 검을 견식하고 싶다는 뜻으로 받아들일 수도 있을 것이다.

하지만…….

"감히 나를 우습게 보는 건가?"

매화검귀 공무진은 자존심이 높은 사람이었다. 그에게 이러한 행위는 도발로 받아들여질 수밖에 없었다.

"적당히 봐주려고 했더니……. 오냐, 보여주마. 화산의 검이 어떠한 것인지 그 눈으로 똑똑히 보거라."

공무진의 육체에서 보랏빛 기운이 흘러나오기 시작했다. 화산의 자하강기가 끌어올려진 것이다.

이설화의 안색이 하얗게 질리기 시작했다. 그녀가 보기에 지금 그의 스승은 매우 화가 나 있었다. 그렇다면 저 무봉이라는 어린 소녀가 사지 멀쩡하게 비무가 끝나지는 않을 것이다.

'말려야 해.'

하지만 누가 분노한 공무진을 말릴 수 있단 말인가.

이설화의 눈이 뒤로 돌았다. 공터 끝에 대어져 있는 마차가 그녀의 눈에 들어왔다.

위연호라면?

나름 좋은 생각일지도 모르지만, 안타깝게도 그녀의 생각은 빛을 발할 수가 없었다. 그녀가 채 달려가기도 전에 마차 문이 벌컥 열리더니, 얼굴에 온통 짜증을 담은 위연호가 어슬렁어슬렁 밖으로 걸어 나온 것이다.

"아! 왜 이리 시끄러워요! 시끄러워서 잠도 못 자겠네!"

모두의 시선이 위연호에게로 쏠렸다.

'뭐지, 저 놈은?'

상관홍이 눈살을 찌푸릴 때, 이상한 변화가 일어났다.

공무진이 잔뜩 끌어 올린 진기를 일시에 풀어버리고는 헛기침을 하며 위연호를 바라보았다.

"깨셨는가?"

'깨셨는가 라고?'

상관홍의 눈이 휘둥그레졌다.

지금까지 공무진이 보여준 것에 비하면 너무도 온화한 말투가 아닌가.

하지만 그게 전부가 아니었다. 진짜 변화는 공무진이 아닌 종미려 쪽에서 나왔다.

위연호를 본 종미려의 안색이 눈에 띄게 굳어버렸다.

***

위정한 일행의 출발은 지체되고 있었다. 한시라도 빨리 위연호가 있다는 신양으로 가고 싶은 마음이야 굴뚝같지만, 출발을 재촉하는 그들을 진예란이 막아선 것이다.

"부인께서는 지금 내기가 많이 상해 계십니다. 지금 당장이야 큰 문제가 없다고 생각하실지 모르겠지만, 이대로 방치한다면 장기적으로 화를 불러오게 됩니다. 최소 삼 일은 정양을 하셔야 합니다. 그렇지 않다면 나중에는 어떤 의원이 오더라도 약해진 몸을 돌이킬 수 없습니다."

그 말을 들은 위정한은 출발을 늦출 수밖에 없었다.

아무리 자식 놈이 귀하다지만, 살아 있는 것을 확인한 이상 마누라의 건강을 해치면서까지 쫓을 수는 없었다.

게다가 그냥 나중에 치료하면 되니 출발하자고 했다가는 눈에 불을 켠 저 큰자식 놈이 칼을 빼물고 달려들 것 같았다.

'저놈은 효도 못해서 죽은 귀신이 붙었나?'

치료를 받지 않으면 자신을 죽이고 가라는 기세로 설득해 대는 위산호의 의지에 한상아도 결국 뜻을 꺾을 수밖에 없었다.

"몸이 올바르게 서지 않는다면 어떤 위대한 뜻이 있더라도 결국 그 뜻을 굽힐 수밖에 없습니다. 급하신 마음은 알겠지만, 자신의 몸을 하찮게 여기는 사람은 다른 사람을 걱정할 자격도 없는 것입니다."

절로 고개가 끄덕여지는 말이었다.

'참 곱기도 하지.'

자신의 몸에 침을 놓고 있는 진예란을 보면서 한상아가 눈을 빛냈다.

그녀도 살아온 세월이 그리 짧지 않고, 지금까지 만나본 사람이 적은 것도 아니었다. 하지만 그 모든 세월 동안 만나본 사람들을 다 떠올려 보아도 지금 눈앞에 있는 이 여인처럼 아름답지는 않았다.

미의 화신이라 칭해야 옳았다. 이리 예쁜 사람이 이런 복색으로 돌아다니고 있다고 하니, 화라도 당하지 않을까 걱정이 절로 되었다.

진예란이 치료를 마치고 저녁에 다시 오겠다 말한 뒤 밖으로 나가자, 한상아가 위정한을 방으로 들였다.

"몸은 좀 괜찮소?"

"원래 그리 아프지 않았어요. 실력이 있는 분이 치료를 해야 한다고 하니 그러려니 할 뿐이지요."

"음, 일단은 몸을 보양합시다."

"그보다요……."

"말하시오."

"저 소저, 너무 곱지 않아요?"

"크흐흐흐흠!"

위정한이 크게 헛기침을 했다.

긴장해라.

여기서 무슨 대답을 하는가가 앞으로 십 년 동안의 밥상을 좌우할 수 있었다. 까딱 잘못했다가는 십 년 동안 풀떼기만 먹으면서 집에서 출가를 하는 사태가 벌어질 수도 있었다.

"상아, 내 눈에는 상아보다 예쁜 여인이 없소."

어떠냐!

위정한이 의기양양한 눈을 하자 한상하가 벌레라도 보는

눈으로 대답했다.

"무슨 헛소리예요!"

"……."

"예쁘지 않냐고 물었잖아요."

"……예쁘오."

"저런 예쁜 아가씨가 저리 홀로 빈민가를 돌아다닌다고
하니 걱정이 되어서 그래요."

"안 그래도 말이오……."

"예?"

"저 아가씨의 주변을 감시하는 이가 있는 것 같아서 잡
아서 족을 좀 쳐봤는데……."

한상아가 고개를 끄덕였다.

"하오문의 의뢰를 받아서 보호를 하고 있다고 하더군.
이상하다 싶어서 모 소저를 통해서 하오문에 알아보니, 그
의뢰인이 연호라고 하지 않겠소?"

"그래요?"

한상아가 반색했다.

"그렇지 않겠소? 연호…… 많이 자란 모양이오. 그런 생
각도 다 할 줄 알고."

한상아가 혀를 찼다.

"그 아이가 어떤 아이인데, 귀찮음을 무릅쓰고 그런 일
을 하겠어요."

"그럼?"

"인정으로 한 일이 아닌 거죠. 필시 저 아이에게 마음이 있는 것이 틀림없어요."

"설마……."

위정한은 부정하려다가 입을 닫았다.

사실 진예란이 눈 돌아가게 예쁜 것은 사실 아닌가. 위연호도 남자인 이상 저런 여인을 보고 마음이 동하지 않을 수는 없었다. 게다가 마음씨도 더없이 곱지 않은가.

"며느리로는 어때요?"

"대찬성이기는 하지만……."

"하지만?"

위정한은 솔직한 심정을 말했다.

"사실 말이야 바른말이라고, 사람이라는 것은 양심이 있어야 하는 법인데, 연호를 가져다 대기에 저 소저는 너무 예쁘고 착하지 않소. 내 자식이기는 하지만 우리 연호 놈은 게으르고, 또 게으르고, 또 게으르오. 부모가 없어서 망정이지, 부모가 있었다면 내 등짝에 칼을 놓는다고 해도 내가 할 말이 없을 정도 아니겠소?"

"……말 다 했어요?"

"사, 사실을 말했을 뿐이오."

"그 입은 함부로 열지 않는 것이 좋겠어요. 아무래도 명이 줄어들 것 같으니까요."

"당신 명이 말이오?"

"아니, 당신 명이요."

위정한은 꿀 먹은 벙어리가 되었다. 지금 말 한마디를 더 했다가는 맞아 죽을 수도 있다는 걸 직감한 것이다.

"당신은 잘 모르는 것 같은데, 사람 마음이라는 것은 꼭 그렇게 조건을 따지는 게 아니에요. 내가 은근슬쩍 떠봤는데, 저 소저도 우리 연호에게 마음이 없는 것은 아닌 듯했어요."

"확실하오?"

"그게 아니라면 내가 연호 어미라는 말을 듣고 저리 달려왔겠어요?"

"으음……."

위정한이 고개를 끄덕였다.

하지만 뭔가 찝찝한 마음을 접을 수가 없었다. 새하얀 옥구슬에 오물을 묻히는 것 같은, 그런 기분이었다.

"당신은 가만히 있어요. 내가 다 알아서 할 테니까."

"부인."

"……장가는 보내야지요."

위정한은 다시금 꿀 먹은 벙어리가 되어 고개를 끄덕일 수밖에 없었다.

"휴, 연호 놈은 지금 뭘 하고 있을지."

"곧 볼 수 있을 거예요."

"그렇겠지."

오늘따라 더 위연호가 보고 싶어지는 위정한이었다.

* * *

"아니, 왜 사람 자는데 옆에서 이 난리를 치는 거예요?"

이유야 여러 가지가 있지.

첫째로는 이 근처에서 비무를 할 만한 곳이 여기밖에는 없다는 것이고, 둘째로는······.

"사실 이 시간에 자고 있는 것이 좀 더 이상한 것 아닌가!"

"사람이 해가 졌으면 자야죠! 그게 자연의 섭린 거 몰라요?"

"······."

그럼 해 떴을 때는 깨어 있든가.

할 말은 많지만, 위연호에게는 백 마디가 무소용이었다.

이설화가 낮은 한숨을 쉬었다.

위연호가 등장한 것과 동시에 그의 스승이 살기를 지웠

다. 조금 전의 기분 그대로 비무가 이루어졌다면 모르긴 해도 종미려가 큰 화를 입었을 것이다.

"여하튼 지금은 비무 중이니 조금 나중에 이야기를 하지 않겠는가?"

공무진의 말에 위연호가 고개를 갸웃했다.

마당에 나와 있는 이들을 한 번 둘러본 위연호가 이해할 수 없다는 듯이 물었다.

"비무요?"

"그렇다네."

"누구랑요?"

"……이 소저랑."

공무진이 가리킨 여자를 본 위연호가 얼굴을 확 일그러뜨렸다.

"아니! 아저씨는 무슨 새싹 밟기 위원회 소속이세요?"

"으응?"

"만날 비무하자고 달려드는 사람이 하나같이 자기 제자뻘밖에 안 되는 사람이에요! 사람이 체통이 있으면 좀 지긋한 사람들끼리 놀 것이지, 만날 상대도 안 되는 어린애들하고 싸우겠답시고 그러고 있어요! 그 별호도 그렇게 딴 거 아니에요? 아동 학대범 같으니!"

"아동 학대범이라니!"

공무진이 입에서 불을 뿜었다.

"이 소저가 먼저 한판 붙자고 했단 말일세! 내가 아니
라!"

"애가 치기에 그럴 수도 있지! 그랬으면 어른답게 점잖
게 타이르면 될 일을! 또 발끈해서 '오냐, 그래. 좋다! 한
판 붙자!' 했겠지, 또!"

위연호가 이설화와 서문다연을 돌아보자 그들이 은근히
고개를 끄덕였다.

"거 봐!"

"아니라니까!"

공무진은 환장하고 싶은 기분이었다.

아동 학대범이라니!

사실 말이야 바른말이지, 위연호는 아동이라고 하기에
는 너무 강하고, 종미려는 자기가 달려든 경우 아닌가.
그런데 이런 취급을 받다니, 이건 너무도 억울한 일이었
다.

"안 그래요?"

서문다연에게 동의를 구하자 그녀가 쓴웃음을 머금었
다.

"위 공자님 말도 일리가 있지만, 이번 경우는 공 대협께
서 베푼 호의를 저 소저가 과하게 받은 경우라고 해야지
요."

쨍그랑.

"응?"

종미려의 손에서 검이 떨어졌다.

검수의 검이 바닥을 뒹굴다니.

서문다연은 순간 자신이 한 말이 그렇게 심한 것이었던
가를 고민하지 않을 수 없었다.

"아니, 소저. 제 말은……."

서문다연이 뭔가 말을 하려다가 멈추었다.

종미려의 얼굴이 마치 귀신이라도 본 듯이 푸들푸들 떨
리고 있던 것이다.

'왜 저러지?'

당황한 것은 서문다연뿐만이 아니었다. 종미려의 반응을
본 이들 모두가 당황하고 있었다.

'무봉이 감정을 보이고 있다?'

'저 무봉이?'

종미려를 뺀 삼룡이봉도 당황하기는 마찬가지였다.

워낙에 감정 기복이 없어서 사람이 아니라는 말까지 듣
던 무봉이 아닌가. 그런 무봉이 미약한 것도 아니라 정말
눈에 띌 만큼 감정의 흔들림을 보여주고 있었다.

"세상에……."

이게 무슨 일인지 도무지 이해할 수 없는 그들이었
다.

'거기에다 검을 떨어뜨리다니.'

상관홍은 상황이 심상치 않다고 느꼈다.

그보다 어린 여자이기는 하지만 검수로서의 자세는 되레 그가 배워야 할 것이 더 많다고 생각하고 있던 무봉이 아닌가. 그런 여자가 검수로서 목숨보다 더 중요하게 여겨야 할 검을 바닥에 팽개치다니!

'원수라도 되는 건가?'

그게 아니고서야 이런 반응을 이해할 수가 없었다.

"……위 공자?"

종미려가 귀신이라도 보는 눈으로 바라보다가 천천히 위연호를 향해 다가가기 시작했다.

"응?"

위연호는 자신을 향해 다가오는 여자를 보면서 눈을 가늘게 떴다.

'처음 보는 여잔데?'

뭔가 낯이 좀 익은 듯한 느낌이 들기는 하지만, 단언컨대 안면이 없는 여자였다. 저런 예쁜 여자라면 한 번 보고는 잊지 않았을 것이다.

그런데 왜 이쪽으로 오는 거지?

그것도 저리 몸을 떨면서 말이야.

위연호는 이해할 수 없는 상황에 얼굴을 찡그렸다.

위연호의 바로 앞까지 다가온 종미려가 가슴 어림을 손으로 누르며 심호흡을 했다.

그러고는 떨리는 목소리로 물었다.

"소협의 존함이 무엇인지 물어봐도 될까요?"

"위연호데요?"

이름을 숨길 이유가 없었다. 살면서 발 뻗고 자지 못할 만큼 죄를 지어본 적이 없었으니까.

하지만 종미려의 반응은 이상하기 짝이 없었다.

위연호라는 말이 나오자마자 종미려의 얼굴이 마치 악귀처럼 일그러지기 시작했다.

'뭔 놈의 여자 얼굴이 저렇게 살벌하지?'

위연호가 막 혀를 차려는 찰나, 종미려가 천천히 입을 열었다.

"위…… 위연호?"

"네."

뭐가 잘못됐나?

위연호가 막 말을 하려는 순간, 종미려가 앞으로 한 발더 가까이 다가오더니, 위연호를 향해 손을 날렸다.

"헐."

위연호는 자신의 뺨을 향해 날아오는 손을 보며 황당한 호성을 내뱉었다.

'어쩌지?'

뭐 그렇게 강하게 치는 것은 아니라 기습이라고 말할 수준도 아니었다. 문제는 이 여자가 지금 뜬금없이 자신을 때리려고 하고 있다는 것인데…….

'다칠 텐데.'

위연호의 몸은 상대의 공격에 자동으로 반응을 한다.

이건 위연호도 어쩔 수 없는 부분이었다. 오 년 동안 찰지게 그를 패온 백무한에게 따져야 하는 부분이다. 아무리 그러지 않으려고 해도 일단 맞는다는 인식만 들면 자신도 모르게 손이 나가 버리는 것이다.

이 어려 보이는 여자가 위연호의 공격에 맞는다는 것은 꽤나 문제기는 하지만.

'알 게 뭐야.'

다짜고짜 공격을 해온 사람이니 얻어맞는다고 하더라도 불만은 없을 것이다.

위연호는 마음을 편히 먹었다.

하지만 그가 생각하는 일은 벌어지지 않았다. 되레 그의 생각을 한참 벗어난 일이 벌어졌다.

짜아아아아악!

찰지다 못해 듣는 순간 두 손을 저도 모르게 움켜쥐게 만드는, 끝내주는 타격음과 함께 위연호가 팽이처럼 돌며 허공으로 날아올랐다.

"꾸웨에에에에엑!"

괴이한 비명과 함께 허공을 세 바퀴는 돈 위연호가 바닥에 처박혔다.

"……헐."

중인들의 눈이 황당함으로 물들었다.

"위 소협!"

이설화가 비명을 질렀다.

비명이라기보다는 황당함이 섞인 고함이라고 해야 맞으리라.

위연호가 얻어맞다니.

그의 스승인 매화검귀 공무진이 죽을힘을 다해서 검초를 펼쳐도 옷깃 하나 스치지 못한 위연호였다. 한데 그런 위연호가 저런 어린 여자의 손을 피하지 못하고 얻어맞다니.

무봉이 아니라 무후(武后)가 와도 불가능한 일이었다.

하지만 지금 그 불가능한 일이 벌어졌다.

"무슨……."

서문다연도, 공무진도 당황하기는 마찬가지였다.

위연호가 누구인지를 아는 사람은 다들 동태눈이 되어 상황을 바라보았다.

하지만 그들 중 누구도 위연호보다 황당하지는 않을 것이었다.

"어어……."

위연호는 얼이 빠진 얼굴로 고개를 휘저었다.

이게 무슨 일인가.

분노보다는 황당함이 먼저 몰려왔다. 그 어떤 상황에서도 칼같이 반응하던 그의 반격이 이번에는 이상하게도 발동을 하지 않은 것이다.

과거 이런 버릇이 처음 생긴 이후로 백무한이 공격을 할 때마다 자신도 모르게 반격을 하느라 더 처맞은 적이 어디 한두 번이던가.

감히 사부가 훈계를 하는데 주먹을 내민답시고 한 대 맞고 끝날 일이 점점 커져 수십 대를 더 맞기 일쑤였다.

이대로는 맞는 대수만 늘어날 뿐이라는 것을 깨닫고 고쳐 보려 수많은 노력을 기울였지만, 도무지 고쳐지지 않던 버릇이었다.

그런데 지금 위연호의 손이 어디다 묶어놓기라도 한 듯 전혀 움직이지 않은 것이다.

'여자라서 그런가?'

그럴 리가 없다.

위연호는 박애주의자였다.

모든 이를 공평하게 사랑하는 위연호에게 남녀의 구분이 있을 리 없었다. 남자고 여자고 일단 건드리면 처맞는 것이다. 매에는 남녀도, 노소도 없다는 지론을 백무한으로부터 처절히 배워 뼛속 깊이 각인하지 않았던가.

그런데 왜 손이 움직이지 않은 것인가.

그보다!

"왜 때려!"

위연호가 자리에서 벌떡 일어나 소리쳤다.

"아니, 이 여자가 언제 봤다고 사람을 패, 사람을! 누구는 손이 없는 줄 아나? 내가 진심으로 때리면 당신 죽어! 언제 봤다고 사람을 패!"

반격이 나가지 않은 것도 문제지만, 처음 본 여자가 다짜고짜 싸대기를 올려 치는 것도 문제였다.

하지만 위연호의 지적을 받은 종미려는 한층 더 굳은 얼굴로 파르르 몸을 떨 뿐이었다.

"……언제 봤다고?"

위연호가 몸을 부르르 떨었다.

이건 거의 살기다.

대체 이 여자는 자신과 무슨 원한이 있다고 이리 분노를 뿜어낸단 말인가.

곰곰이 생각을 해보았지만, 평생을 살면서 이런 식의 원한을 산 적이 단 한 번도 없는 위연호였다.

"아니, 내가!"

위연호가 뭔가 말을 이으려는 순간, 종미려가 문답무용으로 위연호에게 달려들었다.

위연호가 이를 질끈 깨물었다.

무슨 사연인지는 모르겠지만, 설명도 안 하고 공격을 해대는 여자를 허허대며 받아줄 만큼 위연호는 성인군자가 아니었다.

아니, 여기 있는 사람 중에서 성인군자와 가장 거리가 먼 사람이 위연호가 아닌가!

"오냐!"

맞는 것에는 이골이 나서 더 이상은 맞고 싶지 않은 위연호였다.

여자고 뭐고 제대로 본때를 보여주겠다는 마음으로 위연호가 달려드는 종미려를 향해 주먹을 뻗었다.

퍼억!

"꺄울!"

하지만 이번에도 위연호의 손은 움직이지 않았고, 종미려의 주먹이 위연호의 턱주가리를 그대로 날려 버렸다.

위연호가 허공을 팽이처럼 돌았다.

털썩!

바닥에 쓰러진 위연호의 위로 종미려가 덮쳐들더니, 양손으로 마구 위연호를 후려치기 시작했다.

"아니!"

퍽! 퍽! 퍽!

"잠……깐!"

퍽! 퍽! 퍽!

"말 좀…… 하자! 이년아!"

하지만 종미려는 문답무용으로 위연호를 마구 후려쳤다. 내공이 실리지 않은 손이지만, 그 찰짐은 내공 못지않은 위력을 발휘하고 있었다.

그 광경을 바라보는 중인들의 눈에 황당함이 피어올랐다.

"……끝내주게 패네."

상관홍은 자신도 모르게 박수를 칠 뻔했다.

위연호 위에 올라타서 마구 후려치고 있는 종미려의 공격은 그만큼이나 위력적이었다.

"사람 잡겠는데요?"

"근데 왜 저러는 거야? 불구대천의 원수인가?"

불구대천의 원수면 검으로 쑤셨겠지, 저런 식으로 애교 반, 심술 반으로 사람을 패지는 않을 것이다.

공무진과 이설화 역시 황당하기는 마찬가지였다. 하지만 그들의 황당함은 삼룡일봉과는 조금 다른 방향이었다.

"왜 맞는 거지?"

위연호가 마음만 먹는다면 종미려의 실력으로는 털끝 하나 건드리지도 못할 것이다. 그런데 피하지도 않고 저걸 맞아주고 있다는 게 너무 이상했다.

물론 그들이 이상하게 생각하는 것처럼 위연호도 이상하게 생각하고 있었다.

'왜 반격이 안 되지?'

몸이 자연스레 반격하는 것이야 안 나갈 수도 있다지만, 아까부터 올라타 있는 종미려를 후려치려고 할 때마다 몸이 마비라도 된 듯이 움직이지 않고 있었다.

그의 머리는 눈앞의 이 건방진 꼬맹이에게 본때를 보여 주려 하고 있지만, 그의 몸은 눈앞의 여인을 때리는 것을 거부하고 있었다.

"왜! 이제야! 나타났냐고! 왜!"

마구 위연호를 때려 대던 종미려가 알 수 없는 소리를 내뱉었다.

"사정이라도! 아, 알고 맞자고! 아야야!"

위연호가 고함을 질렀다.

"얼굴만 치지 말라고! 때린 데만 또 때리지 말고!"

짜악!

고함을 지르던 위연호의 싸대기를 종미려가 제대로 돌려 버렸다.

위연호의 눈에 분노가 치밀었다.

'보자 보자 하니까.'

이제는 제대로 화가 난 위연호가 일격을 날리려 위를 올려다보았다.

"으응?"

하지만 그 순간, 위연호의 손에서 힘이 빠졌다.

그의 위에 올라타고 있던 여인의 눈에서 눈물이 방울방울 맺혀 떨어져 내리고 있었다.

"……내가 얼마나 찾았는데."

'왜, 왜 울어?'

내가 뭘 잘못했나?

이건 내가 뭔가 잘못한 거 같은데?

이유는 모르겠지만, 상황이 그가 잘못했다고 말을 하고 있었다.

주변인들도 그리 생각하는 모양이었다.

"……뭔지 모르겠지만, 쓰레기네."

"잘못했네."

"여자의 마음을 건드렸구만."

여기저기서 혀 차는 소리가 들려온다.

위연호는 고개를 저으며 저항했다.

"아, 아니라고오!"

맹세코 위연호는 그런 적이 없었다.

하지만 공무진조차도 그의 편이 아니었다.

"남자가 일을 저질렀으면 책임을 지는 것이지! 사람 그렇게 안 봤는데! 자네, 너무하는구만!"

"아, 아니라구요!"

이설화는 벌레라도 보는 듯한 눈으로 위연호를 보며 한 마디를 내뱉었다.

"최악."

위연호는 돌아버리고 싶은 심정이었다.

동굴에만 처박혀 있던 위연호가 언제 어디서 이런 여자와 인연을 만들겠는가!

사람들 오해하게 하지 말고 빨리 설명을 좀 해보라고 소리치려던 위연호의 가슴으로 갑자기 종미려가 파고들었다.

위연호에게 완전히 안겨든 종미려가 들썩이더니 크게 울음을 터뜨렸다.

"오빠아아아아아아아! 으아아아아아아앙!"

"······으응?"

위연호의 눈이 황당함으로 물들었다.

"에, 음, 그러니까······."

한참이 지나서야 울음을 그치고 진정한 종미려가 딸꾹질을 하자, 위연호는 종미려의 얼굴을 닦아주고 코까지 풀어주고 나서야 겨우 그녀의 말을 들을 수 있었다.

"수, 수련이라고?"

"오빠아아······."

다시 울음을 터뜨리려고 하는 종미려를 달래느라 진땀을 뺀 위연호가 종미려, 아니, 위수련의 등을 토닥이며 말을 이었다.

"수련이, 그러니까…… 니가 내 동생이라고?"

"오빠는 동생 얼굴도 못 알아봐?"

"……."

에, 음, 그게…… 음…….

사실 말이야 바른말이지, 사람이 오 년 사이에 이만큼 바뀌면 엄마가 와도 못 알아보는 게 맞지. 허리까지 오던 애가 오 년 만에 턱까지 자랐는데, 그걸 어떻게 알아보겠는가.

"진짜 수련이냐?"

으득.

위수련이 이를 갈자 위연호가 고개를 끄덕였다.

저 얼굴, 저 표정은 그의 어머니와 완전히 같았다.

혈연의 흔적을 발견한 위연호가 위수련의 어깨를 토닥이면서 말했다.

"근데 왜 그런 이름을 사용하고 있던 거냐?"

"큰오빠 때문에."

"응?"

위수련의 설명은 이랬다.

학관에 들 무렵에 이미 위산호의 이름이 학관을 진동하

고 있던지라 위수련이라는 이름으로 입관을 하게 되면 중인들의 관심을 피할 수 없었다.

그 부분이 부담으로 느껴진 위수련은 어쩔 수 없이 가문과 이름을 숨기고 입관을 하게 된 것이다.

"……그랬군."

"큰오빠가 그랬어. 자기는 오빠를 찾으러 무관을 자주 비워야 하는데, 그러면 나한테 관심이 쏠릴 거라고. 무학에 집중을 하고 싶다면 큰오빠와의 관계를 알리지 않는 것이 나을 거라고."

합리적이네.

위연호는 고개를 끄덕였다.

"대체 지금까지 뭘 하고 있던 거야! 엄마, 아빠랑 큰오빠가 오빠를 얼마나 찾아다녔는지나 알아?"

위연호는 한숨을 쉬었다.

"마귀를 만났지."

"마귀?"

"설명하자면 삼박 사일로도 모자라다. 그러니 일단은 들어가자."

"응."

위수련은 오 년 만에 실종되었던 오라비를 만난 것이 너무 좋은지 위연호에게 찰거머리처럼 달라붙어 떨어지지 않았다.

'무봉이 저런 성격이었나?'

조금 전까지도 위수련과 동행하던 삼룡일봉이 황당하다는 얼굴로 위수련을 바라보았다.

무공광적인 측면과 무표정한 얼굴, 그리고 차가운 성정 때문에 딱히 교류가 많지 않던 사람이 무봉이다.

보통 그만한 나이의 여자아이라면 당연히 있어야 할 애교라든가 하는 것이 전혀 존재하지 않은 무봉이 아니던가.

그런데 그 무봉이 위연호의 앞에서는 꼬마 여자애로 돌아가 버리는 것이 더없이 황당하게 느껴졌다.

'그리고 위수련이라고?'

종미려가 아니라 위수련?

그럼 그 척마검 위산호의 동생이란 말인가?

'어쩐지……'

그 어린 나이에 어울리지 않는 경지를 보이던 무봉이 아닌가. 그동안은 그만한 성취를 보이는 것에 대한 의문이 있었는데, 위산호의 동생이라고 하니 절로 납득이 되는 기분이었다.

'잠깐만.'

그럼 저 위연호도 위산호의 동생이라는 건가?

척마검 위산호에게 남동생이 있다는 말은 들은 적이 없었다.

"그, 그럼……."

무언가 말을 하려던 상관홍은 자신을 무시한 채 위수련을 옆에 달고 객잔 안으로 들어가 버리는 위연호를 보며 뻗은 손을 어색하게 내렸다.

"크흐흠."

공무진도 비무를 하러 나왔다가 남매 상봉을 보게 된 것이 어색했는지 헛기침을 했다.

"그럼 우리도 들어가세."

"네."

뭔가 미묘하게 당한 듯한 기분이었다.

"오라비! 이것도 먹어!"

"응."

"이것도!"

"응."

아기 새처럼 덥썩덥썩 주는 대로 받아 처먹는 인간이나, 말만 한 남자에게 밥을 먹여주고 있는 여자애나…….

'광동위가는 다 이런 건가?'

상관홍은 근본적인 의문에 시달릴 수밖에 없었다. 그런 편견을 가지지 않고 싶지만, 눈에 보이는 것이 있으니 어쩔 수가 없었다.

"어휴, 우리 오빠 살 빠진 것 봐."

"그지?"

"예전에는 돼지처럼 통통했는데."

"……고생을 많이 해서 그래."

"응응, 그래 보여. 고기 먹어, 고기. 오빠 좋아하는 고기."

"응."

상황을 지켜보던 공무진이 입을 열었다.

"그러니까…… 무봉이 광동위가의 막내라는 거로군. 그럼 척마검 위산호에 무봉까지 배출해 낸 것인가?"

거기에다 저 괴물 같은 놈까지.

"광동위가는 앞마당에 삼왕(蔘王)이라도 키우는 건가? 아니면 공청석유(空靑石乳)가 솟아나는 우물이라도 있는 건가?"

도무지 이해가 안 가는 집안이었다.

40장
게으름뱅이, 때려잡다

"그런 건 없어요."

물론 없겠지. 진짜 있는지를 물어본 것도 아니고!

"아무리 위 대협께서 무재가 있다고 하시지만, 당년의 위 대협은 자네는 물론이고, 위산호의 경지에도 오르지 못했던 것 같은데……. 광동위가의 이름이 천하를 위진시킬 날도 얼마 남지 않았구나."

위수련이 그 말을 듣고는 고개를 갸웃했다.

"큰오빠는 몰라도 오빠는 그런 데 도움 줄 일이 없을 텐데요?"

"허허, 네가 모르나 본데……."

"우리 오빠는 집에서 안 나가거든요."

"응응."

공무진의 얼굴이 참담해졌다.

'그건 생각 못했구만.'

확실히 맞는 말이었다. 천하를 위진시킬 수 있는 무공이 있으면 뭐하겠는가. 위연호는 집 밖을 나서지 않을 사람이었다.

"……응?"

그러고 보니 뭔가가 이상했다.

그가 지금까지 본 위연호는 손가락 하나를 까딱하는 것도 심사숙고를 해서 움직일 놈이었다. 그런 놈이 낙양까지 목적 없는 여행을 한다는 것이 너무도 이상하지 않은가.

여행하고 있는 모습을 처음부터 보았기에 지금까지 느끼지 못한 위화감이었다.

"그럼 자네는 대체 왜 여행을 하고 있는 건가?"

"사부님이 시켜서요."

"여행을 하라고 하시든가?"

"무공은 결국 경험을 통해 완성되는 것이라며, 세상을 보고, 듣고, 몸으로 느끼고, 깨달으라고 하셨어요."

"아……."

공무진은 뭔가 크게 와 닿았다는 듯이 연신 고개를 끄덕였다.

"그렇지. 무학이라는 것은 결국 개인의 경험으로 발전해 나가는 것이지. 산문 안에서 더 나은 경지를 바란다는 것 역시 나쁘지는 않으나, 이는 고정되어 있는 것. 보고 듣고 느끼는 것이 한정된 공간에서 이루어진다면……."

공무진이 허공을 향해 뭔가 자꾸 중얼거리기 시작했다.

그 모습을 보고 기겁한 상관홍이 몸을 움찔하고는 천천히 심호흡을 했다.

그러고는 주변을 향해 손짓을 했다. 지켜보던 이들이 다들 고개를 끄덕이고는 공무진의 주위를 천천히 둘러쌌다.

"응?"

위연호만이 영문을 모르겠다는 얼굴로 주위를 둘러보았다.

"왜 그래요?"

그러자 위수련이 입에다 손을 가져다 대고는 위연호를 천천히 끌어당겼다.

"이쪽으로."

"응?"

위연호가 영문도 모르고 위수련에게 끌려 나갔다.

"오빠, 지금 저분이 깨달음을 얻는 중인 것 같으니까 방해하면 안 돼."

"흐음?"

깨달음이라…….

위연호도 지금까지 몇 번은 경험한 일이었다. 하지만 그 순간 주변에서 충격을 주면 안 된다는 것은 처음 듣는 일이었다.

'여하튼 사부님 진짜.'

위연호에게 조금이라도 위해가 갈 만한 일에 대해서는 시어머니처럼 시시콜콜한 것까지 모조리 다 설명하고 또 설명하다 못해 머리가 아니면 몸이 기억하도록 달달 볶아댄 스승이지만, 위연호가 남에게 피해를 줄 수 있는 상황에서는 '뭐, 그럴 수도 있지. 그럼 지들이 뭐 어쩔 거여. 내 제 잔데' 라는 마음가짐이 아닌가.

무릇 모든 스승의 모범이라 할 수 있었다.

휘이이잉.

주변의 바람이 공무진에게 모여들기 시작했다. 공무진이 눈을 감고 가만히 앉아 있다가 눈을 번쩍 떴다.

우웅.

눈에서 뿜어져 나온 빛이 순간적으로 객잔을 환히 밝혔다.

"대공을 축하드립니다."

"성취를 축하드립니다."

지켜보던 이들이 모두 공무진에게 축하를 건넸다.

"스승님, 벽을 넘으신 것을 감축드려요."

"허허허, 고맙구나."

공무진이 이설화의 축하를 받으며 인자한 미소를 지었다.

'으음, 그런데…….'

공무진이 뚱한 눈으로 위연호를 바라보았다.

오랫동안 그를 괴롭히던 벽을 뛰어넘은 것은 충분히 기뻐할 일이었다. 지금 당장은 성취가 확연히 올라간 것은 아니지만, 이제 벽을 넘은 만큼 앞으로 꾸준한 수련이 있다면 발전 가능성이 무궁무진해진 것이다.

애당초 벽에 막힌 답답함을 참지 못하고 외유를 나온 것이 아닌가. 거기에 위연호라는 좋은 비무 상대를 발견하여 지금까지 그를 괴롭히면서까지 비무에 매달린 것이다.

그렇게 하면서도 뚫지 못한 벽을 단번에 뚫어버렸으니, 경사라고 할 수 있었다.

그건 참 좋은 일인데…….

'왜 하필!'

공무진은 인정할 수 없었다.

얼마 전이었다면 내가 복덩이를 만났다며 위연호를 안고 덩실덩실 춤이라도 췄을 것이다. 하지만 지금은 아니었다. 위연호 이전에 이설화가 그의 눈에 밟히고 있던 것이다.

지금 위연호에게 고맙다는 말을 하게 된다면 위연호와 이설화의 관계를 인정하고 마는 기분이 들 것이다.

'그건 안 돼!'

마음을 정리한 공무진이 천천히 위연호에게 포권을 했다.

"소협 덕분에 오랫동안 저를 괴롭혀 오던 벽을 넘을 수 있었습니다. 무인으로서, 검수로서 소협이 주신 무한한 은혜에 감사드리는 바입니다."

위연호가 입을 삐쭉 내밀었다.

"말로만요?"

으득.

공무진이 나직하게 이를 갈았다.

저 보라고!

저 인간 말하는 것 좀 보란 말이다. 이제 말을 더 하려고 하는데 그새를 못 참고 대가를 바라는 저 천박한 인성의 현장을 다들 보란 말이다!

눈으로 이설화를 향해 절절하게 그 뜻을 전했지만, 이설화는 영문을 모르겠다는 얼굴로 고개를 갸웃할 뿐이었다.

답답한 녀석!

저 인성질의 현장을 보면서도 느끼는 것이 없는 말인가.

보통 사람이라면 '별말씀을요'라든가, '그게 어떻게 제 덕일 수 있겠습니까'라는 식의 겸양의 말이 먼저 나와야 하지 않겠는가!

명문의 자제라고는 생각할 수 없는 말본새가 아니냐, 이 말이다!

공무진은 나직하게 심호흡을 했다.

이 모든 말들을 단숨에 내뱉을 수도 있지만, 지금은 명백하게 그가 은혜를 입은 상황이었다. 지켜보는 이들도 많은데 괜스레 여기서 역정을 냈다가는 얼마 지나지 않아 강호 전체에 공무진은 은혜도 모르는 파렴치한이라는 소문이 쫘악 깔릴 것이다.

공무진은 마음을 가다듬고 말을 이었다.

"스승의 말씀을 전해 주신 것을 더없이 감사하게 생각합니다. 할 수만 있다면 스승을 뵙고 감사의 말을 전하고 싶습니다만, 소협께서 스승의 정체를 밝히지 않으시려고 하니 마음만 전하겠습니다."

위연호가 고개를 갸웃했다.

"응? 말이 좀 이상한데?"

'눈치챘나?'

나름 교묘하게 '내가 은혜를 입기는 했지만 그건 너희

사부가 한 말 덕분이니, 네가 아니라 너희 사부에게 감사한다. 그래도 네가 그 말을 전해준 정도의 노력은 했으니 너한테도 쥐꼬리만큼은 고마워해 주마'라는 식으로 말을 돌렸는데, 위연호가 귀신같이 말속에 숨은 진의를 파악한 모양이었다.

"우리 사부는 죽었다니까요."

"그, 그래?"

"귀신이라고 몇 번이나 말을 했는데."

"나는 귀신같은 사람이라는 줄 알고."

"몇 번을 말해요! 귀신이라니까!"

위연호가 답답하다는 듯이 가슴을 치기 시작하자 머쓱해진 공무진이 뒷머리를 긁었다.

"여하튼 말을 전할 수 없게 되어 아쉽구나."

"아니, 그래서 말로만 고맙냐구요?"

"……지전(紙錢)이라도 받겠는가?"

지전은 장례를 치를 때 저승 가는 사람이 쓰라고 태우는 돈을 말한다.

"됐어요."

위연호가 한숨을 쉬고는 다시 자리에 앉았다.

약간 어색한 분위기가 되었지만, 상관홍을 필두로 한 이들이 공무진에게 다시 축하를 건네면서 분위기가 다시 밝아졌다.

"현재도 화산제일검수라 불리시는데 이번에 또 벽을 넘으셨으니, 곧 중원제일이라는 말로 불리실지도 모르겠습니다."

상관홍의 말에 공무진이 어색하게 헛기침을 했다.

"그, 그럴 리가 있겠는가."

다른 자리였으면 좋다고 받았을 말인지도 모른다.

하지만 위연호의 앞에서 그런 말을 하는 것은 아무리 공무진이라 하더라도 낯이 달아올랐다.

'중원제일은 무슨.'

저 새파란 놈 하나도 이기지 못하고 있는데 중원제일이라니, 위연호에 비벼보려면 한 번이 아니라 세 번, 네 번의 벽을 연속으로 넘어야 가능할까 말까 한 일이었다.

그리고 그때쯤이라면 공무진은 이름뿐만이 아닌, 실질적인 화산제일검이 되어 있을 것이다.

"후후후, 내가 중원제일검이 되기 전에 자네가 나를 따라잡지 않겠는가."

상관홍이 겸양을 떨었다.

"불가능한 일입니다. 세월은 모두에게 공평한 것이니까요. 제가 강해지는 만큼, 아니, 그 이상의 속도로 대협께서도 강해지시지 않겠습니까?"

"그건 모를 일이지."

모두가 겸양을 떨고 덕담을 나누고 있는 상황에서 단 셋만이 대화에 끼지 않고 있었다.

둘은 위연호와 위수련이다.

"오빠, 이거 맛나!"

"응응."

"이것도 맛있어."

"응응."

"여기 숙수 솜씨가 좋네. 우리 오빠 많이 먹고 포동포동해져야지."

"안 그래도 요즘은 딱딱한 데 누우면 허리가 아프더라고. 예전에는 그런 일이 없었는데."

"얼마나 고생을 했으면……."

위수련의 눈가가 반짝였다.

그 모습을 지켜보는 중인들은 어이가 없을 지경이었다.

누가 봐도 위연호는 멀쩡하기 짝이 없는데, 위수련의 말만 들으면 한 달은 굶어서 목내이가 된 사람 같지 않은가.

'그건 그렇고…….'

상관홍이 기묘한 눈으로 위수련을 바라보았다.

'종미려, 아니, 위수련의 성격이 원래 저랬나?'

나이가 어려서 딱히 독한 별명이 붙지 않은 것뿐이지, 나이가 좀 더 찼으면 냉심마녀라든가, 독심검녀라는 별호가 붙어도 이상하지 않을 위수련이었다.

그런 위수련이 어미 새가 아기 새 모이 주듯이 오빠를 챙기고 있으니 위화감이 드는 것도 그리 이상하지 않은 일이었다.

"근데 오빠, 어쩌려고 그래?"

"응? 왜?"

"큰오빠가 오빠 잡으면 반쯤은 죽이려고 들 텐데."

"그렇겠지?"

"얼마 전에도 술 진탕 먹고 잡히면 죽여 버리겠다고 하던데."

"……성격 진짜."

왜 그 양반은 주먹으로밖에 애정을 표현하지 못하는 건가!

이것도 성격장애다.

위연호가 머리를 긁다가 입을 열었다.

"맞을 일이야 있겠어? 적당히 상대해 주면 그만이지."

"상대해 줘?"

"응. 뭐……."

위연호가 피식 웃었다.

"오라비도 이제 세거든."

위산호가 얼마나 강해졌는지는 모르겠지만, 아무리 그래도 공무진 이상으로 강할 것 같지는 않았다. 그런데 그런 공무진을 아이 다루듯 상대하는 위연호였다.

'어쩌면 사부 말이 정말 맞을지도 모르겠네.'

강호에 나가면 그를 상대할 만한 사람이 얼마 없을 거라고 자랑스레 떠벌린 백무한이다.

삼백 년 옛사람이니 현 강호를 잘 모르고 한 말이거나, 아니면 그냥 허세일 거라고 생각했는데, 무공을 쓰고 다른 이와 겨루면 겨룰수록 깨달을 수밖에 없었다.

백무한의 무공은 시대를 초월한 강함을 가지고 있는 것이다.

"오빠, 그럼 큰오빠랑 싸워서 이길 수 있어?"

"음, 가능할 것 같은데?"

위연호의 말에 위수련이 피식 웃고 말았다.

"오빠, 정신 차려. 몇 년 동안 큰오빠한테 안 맞았더니 겁을 잃었구나?"

위수련의 입장에서는 믿지 못하는 것도 당연했다. 조금 전 그녀에게 신나게 얻어맞은 위연호가 아니던가.

"……네가 너랑 무슨 말을 하겠냐."

위연호가 고개를 설레설레 저었다.

여기까지만 보면 그냥 평범한 대화였다. 하지만 이 대화에 한 사람이 더 끼면서 더 이상 평범한 대화가 되지 못하고 말았다.

"그 말은 그냥 듣고 흘려 넘길 수 없겠구려."

검룡 상관홍이 굳은 얼굴로 위연호를 바라보며 말했다.

위연호가 뚱한 얼굴로 상관홍에게 대답했다.

"네?"

상관홍은 조금은 굳은 얼굴로 위연호를 바라보며 말을 이었다.

"척마검 위산호는 모든 후기지수의 위에 있다고 평가되는 이입니다. 그런 이를 이길 수 있다고 말하는 것은 여기 있는 사람들 중 공 대협을 제외하고는 모두 소협을 당해낼 수 없다는 뜻이 되지 않겠소이까."

"네, 그런데요?"

위연호는 당당했다.

사실을 사실대로 말하는 데 일말의 거리낌이 있을 리가 없다. 다른 사람이라면 타인의 기분과 상황에 맞추어 선의의 거짓말을 하기도 하겠지만, 위연호는 진실을 진실대로 말하는 대범함을 갖춘 이 시대의 진정한 사나이였다.

오죽하면 백무한이 말하는 것마다 딴지를 걸어 오 년 동안 맞고 또 맞았겠는가. 그놈의 주둥아리만 가만히 두었더라도 얻어맞은 횟수가 반은 줄었을 것이다.

상관홍의 눈썹이 꿈틀했다.

"……그럼 지금 소협은 제 검을 상대해 보지도 않고서 저를 상대할 수 있다고 말하는 겁니까?"

"네."

위연호는 역시나 당당했다.

하지만 그 당당함이 모두에게 당당함으로 받아들여지는 것은 아니었다.

우선 공무진은 삐딱했다.

'바른말을 하는 게 저리 얄미워 보일 수 있는 것도 재주로군.'

그래도 그 순간에 위연호가 '아뇨. 그 말은 틀렸네요. 공 대협도 포함해서 모두요'라고 말을 해주지 않아서 다행이라고 생각하는 공무진이었다.

나이와 강호에서의 지위를 감안할 때, 매우 낮이 팔리는 일이 아닐 수 없었다.

어차피 얼마 지나지 않아 강호 전체가 위연호에 대해 알게 되겠지만, 공무진 자신이 그 위연호를 알리는 원인이 되는 것은 사양이었다.

후기지수 중에 그 공무진을 이기는 엄청난 놈이 나타났다는 식으로 말이 도는 것만은 막아야 했다.

그렇기에 공무진은 입을 꾹 다물었다.

한편, 이설화는 당연하다고 생각을 했다.

그의 스승도 감당하지 못하는 위연호를 후기지수에 가져다 대는 것부터가 말이 되지 않았다. 당연한 말을 당연하게 하는 것은 사내로서 가져야 할 당연한 미덕이 아니던가.

이설화는 조금 미소를 띠며 위연호를 바라보았다.

상관홍을 위시로 한 삼룡일봉은 매우 불쾌한 기분이었다.

그들이 누군가.

잠룡무관에서 가장 강하다는 평을 받는 삼룡이봉이다.

구파가 참여하지 않는다고 해서 잠룡무관이 약한 것은 아니었다. 천하에 나름 쟁쟁하다는 후기지수들이 모조리 모여드는 곳이 잠룡무관이었다.

가문의 후예 중 그 오성이 모자란다 싶은 이는 감히 잠룡무관에 발을 들일 수도 없었다. 잠룡무관은 서로가 서로의 무위를 비교하고 객관적으로 채점이 되는 곳이기 때문에 어설픈 이를 보냈다가는 가문의 명예를 깎아먹는 일도 빈번했기 때문이다.

그런 고르고 골라 입관한 이들 중에서도 최고라 칭해지는 오인이 바로 자신들 아닌가.

그런데 어디서 나타난지도 모를 말 뼈다귀 같은 인간이 자신들 정도야 쉽게 상대할 수 있다고 말하고 있는 것이다.

마지막으로 위수련은 매우 당황하고 있었다.

"오, 오빠."

그의 오라비는 사라졌던 시간 동안 어디에 간덩어리를 잃어버리고 온 것이 틀림이 없었다.

눈에 보이게 딱딱하게 굳어버린 상관홍 등의 얼굴을 보며 위수련이 위연호의 옆구리를 콕콕, 찔렀다.

"아. 아파! 왜!"

"사과드려."

"뭘?"

"오랜만에 봤다고 그렇게 허세 안 부려도 돼. 오빠가 어디서 뭘했든 간에 내 오라비잖아. 내가 오라비를 아는데, 장삼봉 조사가 돌아와도 오라비를 고수로 만들어줄 수는 없어."

확실히 타당한 평가였다.

위연호를 알고 있는 이라면 모두가 그렇게 생각할 것이다.

그리고 그 불가능을 가능으로 만든 것이 바로 백무한의 철권교육인 것이다.

말을 냇가로 데려갈 수는 있어도 말에게 강제로 물을 먹일 수는 없다는 격언을 정면으로 반박한 이가 바로 백무한이었다.

— 패면 되지!

— 매에는 장사 없다.

말을 냇가에다 묶어놓고 죽을 때까지 패다 보면 말이 지쳐서 물을 먹거나, 아니면 뭘 잘못했나 싶어서 할 수 있는 건 다 해보다 결국 물을 먹는다는 것이 백무한의 지론이 아닌가.

그리고 그 지론이 옳았음이 지금 위연호를 통해서 훌륭하게 증명되고 있었다.

하지만 그것을 모른다는 것이 상관홍의 불행이었다.

"말로는 용도 잡을 수 있는 법이지요. 그래서 제 검을 직접 받아 그 사실을 증명하실 용의가 있으십니까?"

"네?"

위연호가 고개를 갸웃하자 상관홍이 역정을 냈다.

"나는 지금 소협에게 비무를 청하고 있는 것이오! 광동위가의 검이 어떠한 것인지 언제나 한 번 배움을 청하고 싶은 마음이었소. 위산호 소협께 가르침을 청하고 싶었지만, 여기 광동위가의 검을 아는 자가 둘이나 있으니 좋은 기회가 아니겠소?"

비무 신청이라기에는 꽤나 무례한 언사였다.

일반적인 경우, 이런 식으로 비무를 신청하는 것은 비무가 아니라 생사결로 바로 이어질 수도 있었다.

그러니 상관홍은 위연호가 당연히 자신의 비무 신청을 받을 것이라고 생각했다. 일반적인 경우 자신보다 하수에게 이런 식으로 비무를 신청하는 것은 매우 경원시되는 일이지만, 이미 위연호가 도발을 한 상황이니 그를 탓하는 이는 없을 것이다.

완벽하게 위연호를 낚아냈다고 생각한 상관홍이지만, 위연호는 일반적인 무인과는 달라도 너무 달랐다.

위연호는 상관홍의 말을 듣고 단숨에 대답을 했다.

"싫은데요?"

"……."

상관홍이 멍한 얼굴로 위연호를 바라보았다.

보통 이런 상황에서는 체면을 생각해서라도 비무를 받는 것이 통례가 아니던가.

"싫다고 하셨소?"

"네."

상관홍이 이해를 못하겠다는 듯이 물었다.

"싫은 이유를 물어도 되겠소이까? 지금 이 비무를 받지 않는다면 천하가 다 소협을 겁쟁이라 칭할 것이오. 그리고 광동위가의 명예가 땅에 떨어질 텐데, 그래도 괜찮다는 말이오?"

"그럴 일이 없어요."

"……다시 물어도 되겠소이까?"

위연호는 뭘 그리 말을 못 알아먹느냐는 듯 한숨을 쉬고는 친절하게 설명을 해주었다.

"천하가 다 저를 겁쟁이라고 욕해도 괜찮으니 상관없구요, 광동위가의 명예는 저 때문에 땅에 떨어지지 않아요."

"어째서요?"

"형이 다시 올릴 테니까요."

"……."

상관홍도 위연호의 말이 틀리지 않다는 것을 인정할 수밖에 없었다.

당금 광동위가의 위상이 급격히 올라가고 있는 이유는 정협검 위정한이라는 걸출한 인물과 척마검 위산호라는 차기 천하제일검수를 다투는 후계의 출현에 임한 바가 컸다.

빛이 있으면 어둠이 있는 법.

일반적으로 훌륭한 후계가 출현하게 되면 그 형제들도 다들 훌륭한 인물이어야겠지만, 형의 존재가 거대하면 그 빛을 이기지 못하고 삐뚤어지는 동생들도 많은 법이다.

그러니 위연호가 겁쟁이라 해도 대부분의 강호인들은 그 겁쟁이의 존재로 광동위가를 무시하려 들지는 않을 것이다.

"흥."

검봉 남궁혜가 상관홍을 지원했다.

"그 말인즉슨, 자신이 겁쟁이라는 것을 인정하는 것 아닌가요?"

무척이나 수치스러울 수도 있는 말이었다.

……다른 사람이라면 말이다.

"저 겁쟁이 맞는데요."

"……네?"

위연호가 돌아보자 위수련은 고개를 끄덕였다.

"우리 오라비가 겁이 좀 많아요."

"괜히 나대다가 일찍 죽는다. 사람은 겁이 좀 있는 게 나아."

"응, 오빠."

남궁혜의 입술이 푸들푸들 떨렸다.

대체 저 집안은 뭐하는 집안이란 말인가.

남궁세가라는 엄정한 가풍에서 자란 그녀에게 저 오누이의 언행은 도무지 이해할 수 없는 것투성이였다.

"그리고 또 하나 문제가 있는 게, 저는 광동위가의 검을 배우지 않았어요. 그러니 광동위가의 검을 견식하고 싶다면……."

위연호가 쳐다보자 위수련이 손사래를 쳤다.

"오빠, 나도 안 돼. 아빠가 비룡천상검(飛龍天上劍)은 여자에게 맞는 검이 아니라고 해서 나도 다른 걸 배웠어."

위연호가 고개를 끄덕였다.

"들으셨죠? 아쉽게 됐네요."

상관홍의 얼굴이 붉으락푸르락해졌다.

그 광동위가의 검을 견식하겠다는 것이 광동위가의 독문무공을 보겠다는 뜻이 아니지 않은가!

"그러니까, 지금 비무를 하지 않겠다는 것 아니오!"

"그렇죠. 귀찮게 왜 그런 짓을 해요."

위연호는 도무지 이해할 수 없다는 듯이 말했다. 공무진도 그렇고, 상관홍도 그렇고…… 강호인이라는 사람들은 다들 싸움박질을 하지 못해서 안달이 난 사람들 같았다.

'그러고 보니 우리 집도 똑같네.'

비무행을 하겠답시고 집안을 팽개치고 떠났다가 아직까지도 보복을 당하고 있는 위정한이나, 위연호만 보면 목검을 던지며 '어디 실력 한 번 보자'를 외쳐 대는 위산호나 다들 이해할 수 없는 것은 마찬가지였다.

패고 맞는 게 뭐가 좋다고 다들 그러는 것인지.

그때, 공무진이 천천히 입을 열었다.

"……그런데 자네는 도전을 받으면 반드시 받아준다고 하지 않았나? 저번에 말일세, 저어번에."

그 저번에 그 말을 듣고 박살이 난 사람이 본인이니 잊을 수가 없는 말이었다.

"그건 제 검이 도전을 받았을 때구요. 이번은 광동위가의 일이니 적당히 넘겨도 돼요."

위연호의 말에 공무진이 허탈하게 웃었다.

"보통은 가문이 더 중요하지 않나?"

"음, 그렇긴 한데요……."

위연호가 머리를 긁었다.

"우리 가문은 저 말고도 형이라든가 아버지가 있잖아요. 근데 우리 사부님은 독거노인으로 죽으신 분이라 내가 아니면 그 명예를 지켜 드릴 사람이 없어요."

당금 강호의 호화공자(好花公子)이자 호화노인(?)이었던 백무한이 단숨에 독거노인으로 추락하는 순간이었다.

백무한이 들었다면 이 빌어먹을 제자 놈을 때려죽여 버리겠다고 입에 거품을 물었겠지만, 안타깝게도 당금 강호에서 유일하게 위연호의 버르장머리를 고칠 수 있는 존재는 이미 하늘로 승천한 뒤였다.

"……선사께서 들으면 좋아하실지, 화를 내실지 알 수가 없는 발언이로군."

당연히 화를 냈겠지만, 백무한의 성정을 모르는 공무진은 그렇게밖에 말을 할 수 없었다.

"호오?"

그리고 상관홍은 위연호의 입에서 나온 말 중 그가 들어야 할 말을 놓치지 않았다.

'본인의 검에 대한 도전은 반드시 받는다고?'

도전이라는 모양새가 영 마음에 들지는 않지만, 도전을 해서 망신을 주게 되면 애초의 모양새는 사라지는 것이 현실이었다.

상관홍은 비릿한 미소를 짓고는 입을 열었다.

"그렇다면 제가 소협의 검에 도전을 하면 어떻겠습니까? 광동위가의 검이 아니라 위연호, 위 소협께 이 상관 모가 도전하는 바요."

'이제는 빠져나가지 못하겠지.'

그 말을 들은 위연호의 얼굴이 굳어지자 상관홍은 속으로 쾌재를 불렀다.

'쯧쯧쯧.'

그리고 그 광경을 본 공무진은 속으로 혀를 찼다.

죽고 싶으면 섶을 지고 불로 뛰어들거나 황하에 몸을 던지면 그만이지, 꼭 저렇게 비참하게 죽고 싶을까?

공무진은 상관홍의 명복을 빌며 위연호를 바라보았다.

하지만 당연하게 공무진의 도전을 받아줄 것이라고 여겨지던 위연호는 뭔가 찝찝하다는 얼굴로 한숨을 쉬고 있었다.

"왜 그러는가?"

"음, 좀 헛갈려서요."

"응? 뭐가 말인가?"

"이게 참 뭐라고 해야 할지……."

위연호가 상관홍을 슬쩍 보고는 천천히 입을 열었다.

"도전을 받기는 받았는데……."

위연호는 고민을 하지 않을 수 없었다.

사냥꾼이 사냥을 할 때 범을 사냥한다면 그건 사냥이라고 할 수 있을 것이다. 범이 아니라 여우나 토끼를 사냥한다고 해도 사냥이라 할 수 있다. 하지만 사냥꾼이 파리를 잡는다면 그걸 사냥이라고 해야 할 것인가.

같은 맥락으로 위연호는 이 도전을 도전으로 받아들여야 하는지를 고민하지 않을 수 없었다.

'사부가 쟤랑 손을 섞는 걸 좋아하실까?'

체통 떨어지게 어디서 저런 것들이랑 비무를 하냐고 화를 내면 냈지 좋아하실 분은 아니었다.

사실 백무한의 성격이야 오만하기 짝이 없으니까.

그 무당의 검수들에게 검을 제대로 잡을 줄도 모르는 얼치기들이라고 구박을 한 사람이 바로 그의 스승 백무한이었다.

'귀찮기도 하고.'

위연호가 이 상황을 어찌해야 할까를 고민하는 순간, 위수련이 자리에서 벌떡 일어났다.

"제가 대신 사과를 드릴게요."

"응?"

위연호가 황당하다는 눈으로 위수련을 바라보았다.

애는 갑자기 또 왜 이래?

상관홍도 위연호와 같은 생각인 모양이었다.

"소저가 나설 일이 아니오."

"제 오라버니의 일이에요. 그런데 왜 제가 나설 일이 아닌가요? 우리 오라버니가 세상 물정을 잘 모르는 면이 있어요. 그러니 상관 공자께서 이해해 주시기를 바랄게요."

"헐."

위연호가 어처구니없다는 듯 탄식성을 냈다. 순식간에 세상 물정을 모르는 사람이 되어버리지 않았는가.

물론 동굴에서 오 년을 박혀 있었으니 그리 틀린 말은 아니지만.

"그래도 만족이 되시지 않는다면 제가 상대해 드리겠어요. 광동위가의 검을 보고 싶다면 제 검도 충분할 거예요."

위연호가 혀를 찼다.

"애는 어릴 때부터 수련을 못해서 안달이더니, 나이 먹더니 제 큰오빠 같은 사람이 되었구나. 뭔 놈의 비무를 그리 좋아하냐?"

위수련의 얼굴이 확 일그러졌다.

'지금 내가 비무가 좋아서 그러는 게 아니잖아.'

아무리 게으르고 오 년이 지나는 시간 동안 연락 한 번 없던 무심한 오라비라 하더라도 그녀의 오빠였다. 그런 사람을 다시 만난 날 상관홍의 검에 다치는 꼴은 죽어도 볼 수 없었다.

하지만 그녀의 심정을 아는지 모르는지 위연호는 하품을 하더니 고개를 끄덕이고는 입을 열었다.

"도전 같지 않기는 하지만, 일단 뭐 원칙에는 맞으니까. 그 도전 받아주죠."

"오빠!"

위연호가 손가락을 하나 펴 위수련 앞에 대고는 말했다.

"넌 예전부터 잔소리가 많은 게 흠이었지. 오빠 하는 일에 나서는 거 아니야."

"하……."

위수련이 바람 빠지는 소리를 내며 허탈하게 자리에 앉았다.

이렇게 된 이상 지켜보다가 위험해진다 싶으면 어떻게든 말리는 수밖에는 없었다.

그녀에게도 신나게 얻어맞은 오라비가 상관홍을 당해낼 수 있을 거라는 생각은 전혀 들지 않았지만, 여기서 나서는 것은 위연호의 체면을 깎아 먹는 짓이었다.

'생채기 하나만 나면 가만두지 않을 거야.'

상관홍을 원독에 찬 눈으로 노려보는 위수련을 보며 이설화가 낮은 한숨을 쉬었다.

"준비되셨소?"

둘은 이전의 공터에 서서 서로를 마주 보았다. 위수련과 공무진의 비무가 이루어지지 못한 대신에 위연호가 상관홍의 비무가 이루어지게 된 것이다.

공무진은 그 사실에 감사하고 있었다.

'큰일 날 뻔했네.'

말로는 오 년 동안 못 봤다고 했지만, 지금 모습을 보니 둘의 관계가 매우 친밀한 듯싶었다. 공무진이 화가 그만큼이나 나 있던 상황 그대로 비무를 벌였다면 틀림없이 위수련이 다쳤을 텐데…….

'진짜 큰일 날 뻔했지.'

위연호가 얼마나 강한지 아는 공무진으로서는 그가 화를 냈을 때 얼마나 무시무시할지 생각하지 않을 수 없었다.

원래 평소에 화를 내지 않던 사람이 화를 내면 더 무섭다고 하지 않는가. 그런 위연호의 분노를 몸으로 받아내려고 하면 뼈마디가 남아나지를 않을 것이다.

공무진은 자신 대신에 뼈마디를 희생해야 할 상관홍을 보며 안쓰러운 시선을 보냈다.

'그러게 왜 시비는 걸어서.'

미리 말을 안 해준 공무진도 잘못이 있을지 모른다. 하지만 죄를 지으면 지었지, '저놈이 나도 찜 쪄 먹는 놈이네'라는 말을 할 수는 없는 공무진이었다.

상관홍이 위연호를 보며 입을 열었다.

"상관세가의 상관홍이오. 오늘 광동위가 위연호 소협의 검을 견식하겠소."

"하아암, 네네."

위연호가 귀찮다는 듯이 연신 하품을 했다.

몽련공 때문에 만성피로에 시달리는 위연호로서는 어찌할 수 없는 생리 현상이지만, 사정을 모르는 상관홍이 좋게 받아들일 수 없는 것은 당연했다.

"……조심하는 게 좋을 거요. 나의 검은 매섭소."

"네, 알겠어요."

"다시 한 번 말하지만!"

위연호가 손을 앞으로 뻗었다.

"응?"

위연호가 천천히 내뻗은 손을 입가로 가져가 입을 막는

시늉을 했다.

"칼을 들었으면 말은 필요 없는 거죠. 피곤해서 쉬고 싶으니, 일찍 끝냈으면 좋겠네요."

'피곤은 얼어 죽을.'

공무진이 인상을 썼다.

비무할 때마다 저 말이다.

"……끝까지."

상관홍이 진짜 열이 받았는지 검집에서 검을 뽑고는 천천히 위연호에게 다가가기 시작했다.

"귀하를 제대로 꺾어두면 위산호 소협이 나를 찾아올 수도 있을 것 같군. 그러니 대충하지 않을 것이오."

위연호는 한숨을 쉬었다.

그만큼 말을 하는데 왜 저러는 건지 이해할 수가 없었다.

말로 할 거면 칼을 왜 뽑고 설치는가.

"그러니……."

"아, 됐어요."

"응?"

"내가 갑니다, 내가."

그 순간, 위연호의 신형이 쭈욱 늘어나더니, 상관홍의 눈 바로 앞에 나타났다.

"히익?"

상관홍이 기겁을 하며 뒤로 몸을 날렸다. 하지만 그게 진정한 불행의 시작이었다.

배를 걷어차려던 위연호의 발이 상관홍이 뒤쪽으로 뛰어오른 덕분에 하필이면 낭심을 정확하게 걷어차 버린 것이다.

"끄아아아아아악!"

상관홍이 낭심을 부여잡고 허공으로 솟구쳐 올랐다.

"아……."

위연호가 그 광경을 보고 아차 하여 멍하니 상관홍을 바라보았다.

"저런."

"으으."

같은 삼룡에 속한 팽도형과 언효는 자신도 모르게 사타구니를 부여잡았다.

"너, 너무 끔찍해."

결코 다시는 보고 싶지 않은 광경이었다.

"으으으……."

공무진도 그 광경을 보며 치를 떨었다.

차라리 곱게 죽일 것이지, 저 잔인한 놈.

그리고 위수련은 두 눈을 동그랗게 뜰 수밖에 없었다.

방금 보인 움직임은 누가 봐도 고수의 그것이었다. 그

녀 역시 결코 재현할 수 없는 수준의 보법이었던 것이다.

'이형환위?'

위산호도 최근에야 오를 수 있던 경지가 아닌가.

그런 경지를 위연호가, 그것도 저리 쉽게 선보이고 있지 않은가.

'그럼 방금 전에는 왜 맞은 거지?'

저런 보법이 있다면 그녀의 공격을 다 피할 수 있었을 텐데?

위연호가 고수가 되어 돌아왔다는 감격과 의문, 그리고 안심이 뒤섞여 자꾸 눈물이 날 것 같은 위수련이었다.

하지만 위연호는 그런 대단한 일을 해놓고도 상관홍의 상태가 더 중요하다는 듯이 바닥에서 낭심을 잡은 채 꿈틀대고 있는 상관홍에게 조심스레 다가갔다.

"괜찮아요?"

"ㅇㅇㅇㅇㅇㅇㅇㅇㅇ······."

"······진짜 이건 진심인데요. 일부러 그러려고 한 건 아니에요. 진짜루요."

위연호의 상관홍의 옆에 쪼그려 앉아서 그의 허리를 톡톡, 쳤다.

"이러면 좀 낫대요."

"악! 울린다고! 하지 마! 하지 말라고!"

"아니, 이러면 좀 낫다던데?"

"하지 말라고오오오오오!"

상관홍의 처절한 절규가 공터를 쩌렁쩌렁 울렸다.

"크흐흠."

상관홍은 자세를 바로 잡으며 다시 검을 들었다.

"상관 모가 위연호 소협께 비무를 청하는 바이오!"

빠득!

"뒤에 이상한 소리가 들릴 것 같은데……."

"그런 적 없소."

상관홍의 얼굴이 푸들푸들 떨렸다. 보통 위연호는 누군가 자신을 향해 이렇게 대놓고 적의를 보일 경우에는 응당의 대가를 치르게 하는 사람이지만, 이번만큼은 상대의 적의를 충분히 이해했다.

"그런데, 괜찮으세요?"

"괘, 괜찮다고!"

위연호가 진심으로 걱정을 해주었지만, 상관홍은 신경질적인 반응을 보이고 있었다.

왜 안 그렇겠는가.

소도 때려잡을 위연호의 발차기에 그대로 그곳을 적중당했으니, 살아 있는 것이 용한 수준이었다.

무려 일다경이나 끙끙대던 상관홍은 겨우 몸을 일으켜 방으로 돌아가 운기행공을 하고 난 후에야 밖으로 나올 수 있었다.

"정말 괜찮아요?"

"괜찮다니까!"

"내가 용한 의원을 아는데……. 나이는 어린데 정말 잘 보거든요. 음, 아니면 그…… 좀 민망하기는 하겠지만, 실력은 더 좋은 의사도 알아요. 그런데 그쪽이 진료를 받기는 좀 힘들지 않나 싶어서."

"……어째서?"

말려들면 안 된다고 생각은 했지만, 결국 궁금함을 이기지 못한 상관홍이 이유를 묻고 말았다.

"의원이 여자거든요. 아무래도 부위가 부위인 만큼 좀……."

"으아아아! 괜찮다고 했잖아!"

"네, 뭐, 상관 소협이 괜찮다면……."

위연호가 말을 하다 말고 상관홍의 그곳을 지그시 바라보더니 멋쩍게 입을 열었다.

"그런데 상관 소협이라고 불러도 되나요? 상관 소저라고 해야 하나?"

"으아아아! 죽인다아아아아!"

상관홍이 검을 뽑아 들고 위연호를 향해 전력으로 달려

들었다.

*　　*　　*

"상관홍이요?"

"음, 당시에는 검룡이라는 이름으로 유명했지."

광구신개의 말에 사가가 고개를 갸웃했다.

"왜? 이번에도 들어본 적이 없는가?"

"아닙니다. 상관홍이라면 당시에도 나름 유명하던 인물인 걸로 알고 있습니다."

"그런데?"

"당시에 상관홍의 행적이라면 저도 들은 바가 있습니다만, 광휘무존과 얽혔다는 말은 전혀 들어보지 못했습니다. 그런데 나름 인연이 있었군요."

"나름?"

광구신개가 입가에 비웃음을 만들어냈다.

"어찌 보면 우리보다 더 위연호와 얽힌 것이 상관홍이라고 할 수 있다."

"네?"

사가가 멍하게 물었다.

"그렇다면 역사에는 왜 전혀 그 사실이 알려지지 않았습니까?"

"음……."

광구신개가 볼을 긁적였다.

"이건 좀 그런 이야긴데, 듣기만 하고 사서에 쓰지 않는다는 약속을 하면 말을 해주지."

사가는 고민을 하다 고개를 끄덕였다. 중요한 것은 광휘무존이지, 상관홍이 아니니까.

"그렇게 하겠습니다."

광구신개가 바로 대답을 해주었다.

"사실 우리는 어찌 보면 위연호의 동료라고 할 수 있는 사람들이거든. 나나 칼귀신 놈이나 땡중이나 전부 나름 위연호에게 구박은 더럽게 받았지만 그래도 나름 친구였단 말일세."

"네 분의 우정은 유명하지요."

"그…… 우정이라는 것도 후대에는 조작된 부분이 많지만 말이야. 여하튼 우리는 서로를 친구라고 부를 수 있는 사람들이었지. 그런데 상관홍은 뭐라고 할까, 그런 관계가 아니었거든."

"그게 무슨 말입니까?"

광구신개가 고개를 절레절레 저었다.

"그래서 사람은 첫 단추를 잘 꿰어야 하는 법이지. 상관홍 그 친구도 생각해 보면 참 안됐어. 그렇게 얽히지만 않았어도 당대의 강호를 주름 잡을 수 있는 인재였는데, 하필이면 위연호와 얽혀서."

사가는 더 이상은 듣고 싶지 않은 심정이었다.

이제는 듣지 않아도 위연호가 무슨 일을 벌이고 다니는지 짐작이 갔다.

"그러니까, 그때 무슨 일이 있었냐면……."

광구신개의 얼굴에 장난기가 어렸다.

＊　　＊　　＊

상관홍이라는 사람에 대해서 잘 알고 있나?

당시 상관홍은 상관세가의 장자로서 많은 기대를 받으며 잠룡무관에 입관을 했지.

당시에 잠룡무관이라는 것은 천하에 이름을 떨치고 있는 세가나 군소 방파들에서는 당연히 인재를 보내야 하는 곳이라 여겨졌거든.

이전 세대에서 잠룡무관 출신들이 천하에 이름을 떨친 것이 매우 주요하게 작용을 한 거지.

다만, 보통 구파일방이라 불리는 거파에서는 제자들을 보내지 않았네. 그 때문에 미묘한 알력이 있었지.

응?

나?

나야 뭐, 왕거지가 가라고 하니까.

사실 자네도 알듯이 개방에 잡다한 무공은 무척이나 많은데, 강릉십팔장과 타구봉을 빼면 일절이라고 할 수 있는 무공이 전혀 없다시피 하다 보니 개방에서는 잠룡무관으로 제자를 보내는 것도 나쁘지 않은 선택이었지.

나도 뭐 거기서 산호를 비롯해 많은 인맥을 만들 수 있었고.

내 생각인데 그런 의도도 있던 것 같아. 개방 출신이라면 인맥이 생명이거든. 그래야 어디 가도 굶어 죽지는 않는다는 말씀.

응?

상관홍?

아, 말이 이상한 데로 빠졌구만.

여하튼 상관홍은 당대에는 천하의 기재라 여겨졌지. 바로 전 기수에 위산호가 있어서 묻히기는 했지만, 위산호가 너무 특이한 거였지. 상관홍만 해도 후대의 천하제일인을 충분히 노려볼 수 있는 인재로 평가되었단 말일세.

뭐, 그것도 그날 전까지의 이야기지만.

*　*　*

"으아아아아아!"

상관홍은 이성을 잃고 위연호에게 달려들었다. 눈에서 불이 뿜어지고, 입에서는 거친 숨이 토해져 나온다.

사실 이건 무모한 짓이었다.

조금 전, 위연호가 보여준 이형환위의 한 수만 하더라도 얼마나 강한지를 짐작하게 해주지 않는가.

그 끝이 영 껄쩍지근하게 끝나서 강하게 남지 않았다 뿐이지, 칼끝에 목숨을 두고 사는 이들이 그 한 수를 놓칠 리는 없었다. 냉정하게 생각한다면 상관홍이 위연호를 당해낼 수 없다는 것은 누구나 알 수 있는 일이었다.

하지만!

그의 분노를 누가 비난할 수 있겠는가!

그를 지켜보는 남자들은 모두가 한마음으로 그를 응원했다.

본때를 보여줘라!

같은 남자로서 해서는 안 될 짓을 벌인, 저 후안무치한 인간에게 징벌을 가해라!

하지만 공무진은 혀를 차고 있었다.

'평소의 진중한 상태라 해도 일 초를 버틸 수 없건만.'

검수란 흥분을 해서는 안 되는 존재다.

도와 권과는 다르게 검이란 매우 민감한 병기다.

힘보다는 속도와 정확성이 더욱 중요한 것이 바로 검이 었다.

처음 검을 배울 때 가장 중점적으로 익히는 것이 검끝이 떨리지 않게 하는 것이 아닌가.

그만큼이나 검을 쓰는 자는 흔들리지 않는 부동심을 갖추는 것이 중요하다.

하지만 아직 경지에 올랐다고 할 수도 없는 이가 흥분에 자신을 잃고 달려들고 있었다.

평소의 공무진이라면 그 광경에 눈살을 찌푸렸을 것이다. 하지만 이번은 뭐랄까……

'이해는 되니까.'

저 깐죽거림을 바로 앞에서 당하는 사람의 기분은 지켜보는 이들이 상상할 수 있는 게 아니었다.

그런 의미에서 상관홍에 대한 동정이 들기는 했지만, 평가는 냉정해야 하는 것.

'조금 더 지켜볼까?"

그 순간, 상관홍이 위연호의 바로 앞까지 바짝 다가왔다.

"어쿠?"

위연호가 자신의 머리를 검으로 내려치는 상관홍을 보면서 고개를 갸웃했다.

'이건 살초 아닌가?'

위연호가 제대로 피하지 못할 시에는 머리가 반으로 갈

라질 것이다. 그 기세와 손속의 악랄함을 감안할 시에 비무에서 쓰는 수라고는 할 수 없었다.

"쯧쯧."

위연호가 혀를 차면서 옆으로 빙글 돌았다.

휘잉!

상관홍의 검이 바람을 가르며 바닥으로 내리꽂힌다.

"일단은 진정하는 게 좋겠어요."

위연호도 염치가 있는 사람이다. 살초를 쓴 사람을 응징하는 것은 당연히 해야 할 일일지도 모르지만, 살초를 쓰게 만든 것에는 위연호의 탓도 있음을 인정하고 있었다.

그러니 마음 착한 위연호는 상관홍을 달랬다.

"지금 화가 많이 난 것 같으니 비무를 하기에는……."

그때, 상관홍의 검이 바닥에서 폭발하듯 튕겨 오르며 위연호의 목을 베어갔다.

위연호가 그 자리에 살포시 주저앉으면서 상관홍의 검을 피해냈다.

"그러니까……."

횡!

"아니!"

횡!

"내 말은!"

휘이잉!

"야!"

위연호의 두 눈에 불꽃이 튀었다.

이게 좋게 말을 해주려고 하는데 아까부터 자꾸 살초를 쓰네!

덥썩.

위연호가 검을 피해내고는 상관홍의 멱살을 잡아 와락 집어 던져 버렸다.

"으라차!"

허공을 새처럼 날아오른 상관홍이 자세를 잡지 못하고 허우적대다가 건물 기둥을 향해 날아갔다.

"……에?"

위연호의 얼굴이 살짝 질렸다.

지켜보던 이들도 기겁을 하여 소리쳤다.

"아니겠지!"

"설마!"

"아니어야지! 아니어야!"

하지만 지금 상관홍이 날아가는 방향은 너무도 빤해 보였다.

저렇게 날아가면…….

쿠웅!

위연호는 손으로 자신의 얼굴을 가리고 말았다.

검이 막 날아오는데 착지할 곳까지 살피면서 사람을 던지기야 하겠는가.

위연호 딴에는 때리기도 뭐하고, 검으로 쑤시기도 뭐해서 그냥 정신이나 좀 차리라고 멱살을 잡아 던진 것뿐인데, 하필이면 던진 곳에 기둥이 있었고, 하필이면 상관홍이 다리를 쩍 벌린 채 거꾸로 날아갔을 뿐이다.

위연호는 어색한 얼굴로 천천히 상관홍에게 다가갔다.

기둥을 두 다리로 바들바들 부여잡은 채 얼굴을 바닥에 파묻고 있는 상관홍의 몰골을 보니 뭐라고 형용할 수 없는 감정이 밀려온다.

저 멀리서 공무진의 탄식이 들려왔다.

"……누대를 이어온 상관세가의 대가 여기서 끝날 줄이야."

움찔.

그 말에 위연호의 몸이 들썩였다.

"동생이나 그런 쪽은 없나요?"

이설화의 질문에 공무진이 친절하게 대답을 해주었다.

"적자라고 할 사람은 상관홍뿐인 것으로 알고 있다."

"저런."

이설화의 마지막 한마디가 쐐기를 박은 느낌이었다.

"으으음……."

위연호는 밀려오는 죄책감에 몸을 떨었다.

죄책감이라니.

군건한 정신력과 뻔뻔함으로 그동안 온갖 구박을 받으면서도 불편함 이상의 감정을 느껴본 적이 잘 없는 위연호가 아닌가. 그런 위연호가 죄책감을 느끼다니.

위연호는 바닥에서 푸들대고 있는 상관홍을 보며 천천히 그 앞에 쪼그려 앉았다.

그러고는 살아오면서 어쩌면 단 한 번도 하지 않았을, 진심을 담은 사과를 하고 말았다.

"……미안합니다."

정말로요.

* * *

"상황은 어떻습니까?"

"으음……."

팽도형의 물음에 공무진은 안타까운 얼굴로 방을 바라보았다. 저 방 안에서는 지금 상관홍이 의원의 진료를 받고 쉬고 있었다.

"음, 뭐라고 해야 할까?"

이룡이봉의 눈이 공무진에게 집중되었다.

"일단 외상은 크지 않은 것으로 보이네. 우려하는 부분에 대해서는 말인데……."

"……예."

다들 듣고 싶어 하면서도 한편으로는 듣고 싶지 않은 심정이 강했다. 그런 말(?)은 누구도 듣고 싶지 않을 것이다.

"다행스럽게도 우려하던 일은 벌어지지 않은 것 같네. 대를 잇는 데는 별문제가 없다는구만."

"오오!"

"다행입니다!"

팽도형과 언효가 자신의 일인 것처럼 기뻐했다.

남궁혜와 위수련은 어떤 반응을 보여야 할지 몰라서 입을 닫았다.

좋아하기도 그렇고…….

"그럼 다행이군요."

"으음, 그렇기는 한데……."

"……무슨 문제가 있습니까?"

공무진이 곤란하다는 듯이 말했다.

"음, 뭐라고 해야 할까. 일단 그 문제는 괜찮지만, 워낙 내상이 심해서 한동안은 정양을 취해야 하네. 임무의 속행은 더 이상 불가능할 것 같구만."

"내상이요?"

"그렇다네."

팽도형이 이해가 가지 않는다는 듯 말했다.

"상관 형의 상처가 심하기는 하지만 내공을 실은 공격에 당한 것도 아니고 그저 외상일 뿐인데, 내상까지 입었다는 말입니까?"

"공격 때문이 아닐세."

"그럼요?"

"의원 말로는 화병이라고 하는구만."

팽도형은 자신도 모르게 천천히 고개를 끄덕이고 말았다. 그가 같은 상황에 처했더라도 아마도 화병이 나고 말았을 것이다.

"그럼 주화입마에 걸렸다는 말인가요?"

남궁혜의 질문에 공무진이 긍정했다.

"그렇다고 할 수 있지. 다만, 상세가 그리 심한 것은 아니라 한 달 정도만 정양을 하고 나면 별문제 없이 자리를 털고 일어날 것이라고 하는구만. 이 부분에 대해서는 나도 같은 의견일세."

"……그럼 다행이구요."

모두의 머리에 과연 이걸 다행이라고 해야 하는가 하는 의문이 일었지만, 아무도 그 사실을 입 밖으로 내지는 않았다.

"그럼."

"도움을 주셔서 감사합니다, 공 대협."

"아닐세."

공무진은 천천히 자신의 방으로 향하면서 고개를 내저었다.

'글렀어.'

의원은 후대를 잇는 데는 별문제가 없다고 했지만, 뒷일은 알 수 없는 것이었다. 공무진은 이설화의 배우자 후보에서 상관홍이라는 이름을 깔끔하게 지워 버렸다.

"그럼 이제 어떻게 하죠?"

남궁혜의 물음에 언효가 곤란하다는 얼굴을 했다. 상관홍이 부상을 당한 이상 이제 일행을 이끌어야 하는 것은 그의 몫이었다.

"일단은 무관으로 복귀를 해야 하지 않겠소?"

"하지만 저희의 임무는 나산으로 향하는 거예요."

"불가피한 상황이지 않소."

"상관 소협을 돌려보내고 우리끼리 가는 것은 어때요?"

"그도 나쁘지는 않은 방법이지만, 주화입마에 걸린 사람이오. 그냥 내버려 두고 가는 것도 도의에 맞지 않소. 게다가 나는 그를 두고 가는 건 영 마음에 걸려서……."

다들 고개를 끄덕였다.

삼룡이봉이니 칭하는 것은 다른 이들이지만, 그들도 자꾸 엮이다 보니 나름의 친분이 있었다. 그런데 동료라고 할 수 있는 사람이 부상을 입었는데 방치하고 가버리자니 찜찜하기가 여간하지 않았다.

"그럼 상관 소협을 데리고 일단 복귀하는 것으로 해요."

"그런데 문제가 하나 있소."

"뭐죠?"

언효가 매우 곤란하다는 얼굴로 입을 열었다.

"임무를 포기한다면 그 사유에 대해 보고를 해야 하는데……."

다들 언효가 지금 무슨 말을 하려는 건지를 이해할 수 있었다.

임무를 수행하러 가는 도중에 이상한 놈을 하나 만났는데, 그 놈과 비무를 하다가 상관홍이 차마 말로는 표현할 수 없는 부위에 참혹한 꼴을 당하여 임무 수행이 불가능해졌다는 것을 어떻게 보고하라는 말인가.

"……진실만을 쓰는데도 문제가 생기는 경우인가."

"상관 소협의 명예를 위해서 진실을 쓰는 것에도 고려를 해야 해요."

"거참, 뭐랄까, 상황이 좀……."

꼬였구만.

다들 깊은 한숨을 내쉬었다.

'대체 그 인간은 뭐지?'

도무지 파악이 되지 않는다.

그들 모두가 알고 있었다. 그들 중 누구도 상관홍을 그리 장난감처럼 집어 던져 버릴 수는 없다. 그들이 아니라 무관 제일기재로 이름이 높던 위산호가 돌아온다고 하더라도 가능하지 않을 것 같은 일이었다.

'나이도 비슷한 것 같던데…….'

그들이 눈으로 본 것이 사실이라면 위산호를 뛰어넘는 기재가 광동위가에서 나온 것이다. 처음 시비가 붙었을 무렵에 공무진이 한 말이 무슨 뜻인지 이제는 이해를 할 수 있을 것 같았다.

공무진이 한 말은 위산호를 두고 한 말이 아니라 위연호를 두고 한 말이었던 것이다.

인정하기는 싫지만, 같은 또래에 상상할 수도 없는 능력을 갖춘 고수가 나타난 것이다.

남궁혜가 위수련을 돌아보며 물었다.

"종 매, 아니, 위 매."

"네, 언니."

"대체 동생의 오라버니는 뭐하는 사람이지?"

위수련이 꿀 먹은 벙어리가 되었다.

'게으름뱅인데요.'

진실만 말해도 문제가 되는 경우가 여기에도 있었다.

"갑자기 나타난 사람이 상관홍 소협을 단숨에 때려잡는 다는 게 말이나 된다고 생각해?"

물론 말이 안 된다고 생각합니다.

무슨 동네 똥개도 아니고, 상관홍 소협이 그렇게 쉽게 당할 사람은 아니잖아요.

"그럼 위 매의 오라버니가 상상도 못할 고수라는 뜻인데, 왜 지금까지는 전혀 알려지지 않았지? 위산호 소협의 동생이 저만한 고수였다면 지금까지 그 이름이 전혀 알려지지 않을 리가 없는데?"

물론 남궁혜의 질문은 위수련으로서는 전혀 대답할 수 없는 종류의 것이었고, 위수련은 아주 간단한 해결책을 찾아냈다.

쾅!

"오빠!"

위수련은 깔끔한 해결책을 찾아냈다. 의문이 있다면 당사자에게 물으면 되는 것이다. 굳이 그녀가 낑낑댈 필요가 없는 것이다.

위수련은 침상 위에 놓인 거대한 굼벵이에게 달려들어 이불을 벗겨냈다.

"아우우웅."

위연호가 꿈틀거리며 반항했지만, 위연호의 이불을 수년 동안 벗겨온 위수련의 손을 피할 수는 없었다.

"오빠! 오빠! 일어나 봐!"

"……왜?"

잠이 덜 깬 얼굴로 위연호가 고개를 들자 위수련이 소매를 잡아당기며 물었다.

"오빠, 어디서 그렇게 고수가 되어서 온 거야? 진짜 큰오빠보다 더 셀 수도 있겠던데?"

위연호가 인상을 확 찡그렸다.

"겨우 그거 물어보려고 잘 자고 있는 사람을 깨운 거냐?"

"응."

위수련이 천진난만하게 웃자 위연호가 한숨을 내쉬었다.

"귀신을 만났다니까."

"귀신?"

"귀신이고 악마고, 뭐 그런 사람이지."

"좀 알아듣게 설명을 해봐!"

위연호는 한숨을 쉬고는 자신이 겪은 일을 털어놓기 시작했다.

그의 말을 듣는 위수련의 얼굴이 시시각각 변해갔다.

"……그렇게 된 거야."

"……."

위수련이 황당한 얼굴로 위연호를 가만히 바라보다 되물었다.

"그러니까 정리하자면, 그날 큰오빠랑 헤어지고는 이상한 동굴에 빠졌는데 거기서 자기가 삼백 년 전의 천하제일인이라고 주장하는 귀신을 만나서 무공을 배웠다, 이 말이야?"

"정확하다!"

위연호는 눈물이 날 것 같은 심정이었다.

지금까지 그의 말을 단 한 번에 이해하고 납득해 준 사람은 위수련이 처음이었다. 위연호는 가족의 정을 느끼며 환희했다.

"이걸 안 믿을 수도 없고……."

위수련은 미묘한 시선으로 위연호를 바라보았다.

말하는 것만 들으면 황당하기 그지없지만, 그게 아니라면 급등한 위연호의 무위가 설명이 되지 않았다.

그리고 위수련은 위연호가 귀신이라도 만나지 않은 이상은 자신의 의지로 수련을 할 사람이 아니라는 것도 충분히 이해하고 있었다.

그의 눈에는 귀여운 오라비지만, 다른 사람이 보기에는 인간 쓰레기급의 게으름뱅이인 것이다.

"오빠, 그 이야기는 다른 사람에게는 하지 않는 게 좋겠어."

"……그렇겠지?"

"응. 미친놈 취급을 받을 확률이 높은 것 같아. 그냥 야산에서 은거기인을 만나서 무공을 사사했다고 하자."

"나도 그게 좋겠다고 생각하던 참이었어."

위수련은 크게 고개를 끄덕였다.

'그 사람이 누군지는 모르겠지만, 결코 좋은 상황은 아니야.'

듣자하니 원래 타인에게 전수하려던 무학이 위연호에게 돌아온 모양인데, 위연호의 스승이라는 자의 후손이 나타나 무공을 요구한다면 꼼짝없이 무학을 내놓아야 할지도 모른다.

'허언은 아닐 거야.'

위연호의 증언을 토대로 한다면 보통 고수가 아닌 것이 분명했다. 게다가 위연호를 오 년 동안 이만큼이나 바꿔놓은 것만 보아도 의심의 여지가 없었다.

"일단은 말을 맞추자."

"응. 뭐, 그러든지."

위연호는 이제 할 말 다 했으면 자도 되겠냐는 눈빛을 보냈고, 위수련은 천천히 고개를 끄덕이고는 방에서 나왔다.

'왠지 풍파가 일 것 같은데?'

맞지 않는 것은 반드시 아귀가 뒤틀리기 마련이었다. 천하의 게으름뱅이에게 저런 무공이 있다는 것은 확실히 이상한 일이 아닌가.

하나 위수련은 빙긋 웃고는 걱정을 날려 버렸다.

"에이, 오빠데 뭐."

다른 사람이면 몰라도 그의 오라비는 귀찮아서라도 사고를 칠 사람이 아니었다.

그러니 위연호 때문에 강호에 풍파가 벌어질 일은 없을 것이다.

하지만 위수련은 몰랐다.

이미 위연호는 충분할 만큼의 사고를 치고 돌아다니고 있다는 것과 위연호가 살아남기 위해서 어떻게든 여행을 하며 경험을 쌓아야 한다는 생각을 하고 있다는 것을 말이다.

*　　*　　*

"마차……에서 내리라고?"

서문다연은 일그러지는 위연호의 얼굴을 보며 필사적으로 그를 위로할 말을 찾았다.

"일단은 환자잖아요."

"그렇긴 한데……."

위연호가 부들부들거렸다.

이 마차가 어떤 마차인가.

안락한 여행을 위해 위연호가 직접 발품을 팔아 푹신하고 안락하게 개조한 마차가 아닌가. 그런데 그 마차를 두고 이 두 발로 걸어서 낙양으로 가야 한단 말인가.

절대 불가한 일이었다.

하지만…….

위연호는 입맛을 다시며 절뚝이는 상관홍을 바라보았다. 원독에 찬 눈으로 그를 노려보는 상관홍을 보니 마음이 절로 약해진다.

'불쌍하긴 하지.'

의도한 것은 아니지만, 어쩌면 그 때문에 상관세가의 대가 끊길지도 모르는 상황 아닌가.

게다가 지금의 상관홍은 걷는 것은 물론, 말을 타는 것도 무리였다. 차라리 걷는 것이 낫지, 말을 탔다가는 끔찍한 일이 벌어지고 말 것이다.

과거 위산호에게 끌려서 말을 탔을 때, 사타구니에 전해지는 고통을 기억하고 있는 위연호다 보니 차마 상관홍에게 말을 타라고는 할 수 없었다.

"……할 수 없지."

위연호는 게으르기는 하지만 양심이 없는 사람은 아니었다.

"푹신할 거예요."

"크윽!"

상관홍은 위연호를 볼 때마다 몸을 부르르 떨었다.

위연호는 담대하게 그 시선을 받았다. 평소에 다른 이가 위연호를 저런 눈으로 노려보았다면 눈알을 손가락으로 콕, 찍어 눈 알 안에 과연 먹물이 들어 있는가를 확인해 보았겠지만, 지금 이 순간 상관홍은 가족을 제외하고 유일하게 위연호를 그런 눈으로 바라볼 자격이 있는 사람이었다.

결국 상관홍이 고개를 돌려 버렸다.

"조심해서 타시오."

자신을 부축하는 언효에 말에 상관홍이 고개를 끄덕이고는 마차 문을 열었다.

"잠시만요."

하지만 마음 급한 그를 제지하는 이가 있었다.

이설화가 쪼르르 달려오더니 상관홍을 제치고 마차 안으로 먼저 머리를 들이밀었다.

"으응?"

마차 안에서 뭔가를 잔뜩 챙겨 나온 이설화가 마차 위로 단번에 올라가더니, 뭔가를 차곡차곡 깔기 시작했다.

'이불?'

상관홍은 눈을 동그랗게 떴다.

아니, 이불이 왜 저 안에서 나온단 말인가.

마차 안에 이불이 들어갈 일은 뭐가 있다고.

그리고 그 이불을 왜 마차 지붕에다 깐단 말인가.

이설화가 이불을 정리하는 모습을 공무진은 흐뭇하게 바라보았다.

'내가 제자 하나는 잘 키웠지.'

사부가 타고 가는 데 불편함이 없으라고 이불까지 까는 모습을 보라.

'진즉에 좀 더 잘해줄걸.'

다그친다고 실력이 느는 것은 아닌데, 그동안 너무 각박하게 굴었다는 생각이 든다.

앞으로는 이설화가 꽃길만 걷게 만들겠다는 결심을 하고 있을 때, 이설화가 정리를 마치고 마차에서 내려왔다. 그러고는 상관홍에게는 눈길도 주지 않고 공무진에게로 다가왔다.

"오, 그래."

하지만 공무진마저 스쳐 지나간 이설화가 공무진의 뒤쪽에 서 있던 위연호를 바라보며 조금은 무뚝뚝한 어조로 말했다.

"저, 정리 끝났어요."

"엥?"

"지붕에 타시면 돼요."

"오!"

위연호가 희희낙락하며 마차 위로 올랐다. 푹신하게 깔려 있는 이불과 다시 만나자 흡족함이 절로 일었다.

"아구구구."

오늘 아침까지 드러누워 잔 주제에 이틀은 잠을 자지 못한 기세로 이불을 파고드는 위연호를 보며 공무진이 멍하게 입을 열었다.

"설화야."

"네?"

"나, 나는 걸어가야 하는 거니?"

"……."

대답하지 않고 먼 하늘을 바라보는 이설화의 모습에 공무진이 질끈 눈을 감았다.

눈가에 촉촉하게 배여 나오는 이것은 눈물이런가.

딸자식, 아니, 제자 키워봐야 아무 소용 없다더니…….

끝끝내 자신과 시선을 마주치지 않는 이설화를 보며 공무진은 깊은 한숨을 내쉬었다.

'그래, 너는 그럴 수 있어.'

제자 사랑, 나라 사랑을 깨우친 공무진은 비난의 화살을 이설화에게 향하지는 않았다.

'하지만 너는 그러면 안 되지!'

연장자의 자리를 빼앗고 희희낙락하는…….

"자냐!"

벌써?

누운 지 얼마나 됐다고 벌써 잔단 말이더냐!

수면신공이라도 익혔냐! 어떻게 머리가 베게에 닿자마자 저리 숙면을 취할 수가 있단 말인가! 어제 하루 종일 잤는데도!

"끄으으응."

위가 쿡쿡 쑤셔오는 느낌이었다.

무인이 위통이라니!

"공 대협."

서문다연의 목소리를 들은 공무진이 힘없이 고개를 돌렸다.

"이제 출발해야 할 것 같습니다만⋯⋯."

공무진은 서문다연이 무슨 말을 하려는지 알 것 같았다. 이설화야 마부석에 탈 것이고, 다른 이들이야 걸어가면 된다. 그럼 공무진은 어쩔 것이냐고 묻는 소리였다.

다른 후기지수들과 함께 걸어갈 것인가, 아니면⋯⋯.

공무진이 힘없이 고개를 돌렸다.

팽도형과 시선이 마주친 공무진이 입을 열었다.

"이보게, 자네."

"예, 공 대협."

"가서 말 한 마리 사 오게."

"……."

다그닥, 다그닥.

공무진은 처참한 심정이었다.

말이라는 것은 예로부터 귀하기 짝이 없는 것이다. 게다가 제대로 된 준마 한 마리의 가격은 웬만한 집 한 채 값을 훌쩍 뛰어넘는다.

그러니 이런 시골에 제대로 된 마시장이 있을 리가 없고, 구할 수 있는 것은 곧 쓰러질 것 같은 나귀 한 마리뿐이었다.

"……."

나귀의 등에 올라 마차를 따라가는 공무진은 뭔가 울컥하는 심정이 가슴에 차오르는 것을 느껴야 했다.

'내가 왜 이런 꼴을 당하고 있는 것인가.'

생각을 해보라.

그는 공무진이다.

매화검귀 공무진이라고 하면 당대를 이끌어갈 검수 중하나라 인정받는 사람 아닌가. 그런 이라면 당연히 잡티 하나 없는 백마를 타고 세상을 활보해야 할 것인데, 실제로는 눈꼽도 떨어지지 않은 당나귀를 타고 비틀비틀 공도를 가야 하다니.

"이게 다 저놈 때문이다."

얼마 전까지만 해도 위연호를 만난 것이 홍복이라고 생각하던 공무진이다. 그런데 최근에는 생각이 바뀌고 있었다.

"……저거, 재신(災神)일지도 몰라."

어쩌면 자신이 불행을 몰고 오는 악귀를 만났을지도 모른다는 생각에 공무진은 몸을 부르르 떨었다.

그 혼자라면 몰라도 그의 제자까지 저 마귀에게 휩쓸리고 있다는 생각이 들자 이제는 특단의 대책이 필요한 시점이라는 판단이 들었다.

"어떻게……."

그때, 공무진이 고개를 번쩍 들었다.

'뭐지?'

저 앞에서 천천히 걸어오고 있는 두 사람이 눈에 들어온다.

공무진의 몸이 팽팽하게 긴장하기 시작했다. 그저 모습을 본 것만으로도 몸이 절로 근육을 잡아당기고, 앞으로 벌어질 전투에 대비하는 느낌이었다.

'누구냐!'

천하의 공무진에게 이런 느낌을 받게 할 수 있는 사람이라니.

공무진이 슬그머니 고개를 돌렸다.

이곳에는 그만 있는 것이 아니니 위기가 닥치더라도……

"자냐고오오!"

태연하게 누워 자고 있는 위연호를 본 공무진의 이마에 핏대가 섰다.

41장
게으름뱅이, 휘말리다

"크, 큰일 났습니다!"

위산호는 문짝을 발로 걷어차며 들어오는 장일을 보며 한숨을 쉬었다.

저놈은 곱게 들어오면 등에 종기라도 돋는단 말인가. 꼭 저렇게 난리법석을 떨면서 들어와야 하는가!

"살살 좀 다니자. 너만 보고 있으면 여기가 의가인지 전쟁터인지 모르겠다."

"진짜 큰일 났다니까!"

"왜?"

위산호는 심드렁했다.

저 거지는 기본적으로 모든 말을 침소봉대하는 성향이 있었다. 저 거지의 말만 들으면 옆집 개가 새끼를 낳은 일도 마을 전체가 들썩일 큰일이 되어버리는 것이다.

"자꾸 큰일 났다는 말만 하지 말고, 설명을 해보란 말이다."

"이번에 나산에서 혈사가 벌어졌다는 말은 너도 들었을 것 아니냐."

"그렇지."

"이게 일이 크게 번졌다."

그럼에도 위산호는 여전히 시큰둥했다.

"그래, 크게 번졌겠지."

강호를 들썩이게 할 혈사가 벌어졌음에도 위산호는 별다른 관심이 없어 보였다.

하지만 이어진 말에 대한 반응은 남달랐다.

"그렇게 받아들일 일이 아니라니까."

"그래그래."

"연호가 위험할 수도 있다니……."

"뭐?"

말이 채 끝나기도 전에 전광석화처럼 그의 앞으로 달려와 멱살을 틀어쥐는 위산호를 보니 한숨이 절로 나온다. 하지만 그게 끝이 아니었다.

쾅!

"뭐라고?"

와장창!

"뭐라고 하셨습니까?"

"……."

문을 걷어차고 들어오는 위정한까지는 이해할 수 있다. 하지만 창문을 뚫고 들어오는 저 진소아 장주는 대체 어떻게 이해해야 하는가.

"아니, 내 말은……."

"더듬거리지 말고 똑바로 말해!"

살기까지 섞어 소리치는 위산호를 보며 장일은 서글픈 눈물을 흘릴 수밖에 없었다.

"그러니까…… 검황의 비동이 열렸다는 말입니다."

"하아암."

"으음……."

관심 없다는 티를 감추지 못하는 이들 사이에서 장일은 꿋꿋하게 상황을 설명했다.

"비동에서 한 권의 비급이 발견되었다고 합니다. 무려 검황의 비급입니다."

"점심 먹은 게 체했나? 영 속이 이상하다."

"침 좀 맞으시겠습니까?"

"……."

저기요?

제가 지금 설명하고 있거든요?

"그래서?"

그래도 위산호는 그의 말을 꿋꿋이 들어주고 있었다.

"이 비급이라는 것이 곽철의 손에 들어갔네."

"붕산검(崩山劍) 곽철(郭哲)?"

"그렇다네."

"곽철이라면 그래도 패검으로는 나름 알아주는 자가 아닌가. 그런 자가 검황의 유진을 손에 넣었다니, 앞으로 강호에 무시 못할 검의 달인이 출현하겠군."

장일은 힘없이 고개를 저었다.

"그게 그렇지가 않네."

"응?"

"붕산검 곽철은 비급을 손에 넣고 나서 한 시진도 버티지 못하고 팔절곤(八節棍) 석이명(石耳明)에게 비급을 빼앗겼네."

"으음, 곽철은?"

"하늘나라에서 원통해하고 있겠지."

"그렇군. 그런데 팔절곤 석이명이라니, 검과는 관계없는 자도 검황의 비급을 노린다는 말이로군. 이제 팔절검(八節劍)이 되는 건가?"

"그 팔절검은 세검(細劍) 공방(工芳)에게 죽었네."

"……."

"세검 공방은 강북백근도(江北百斤刀) 정산(正山)에게 죽었고, 그 정산은 호조(狐釣) 공망(公望)에게 죽었네. 그리고 그 공망은……."

"그만."

"응? 더 안 듣겠나? 앞으로 서른 명 정도는 더 나와야 하는데?"

"그래서 결론은 지금 비급이 누구의 손에 있다는 말인가?"

"지금 비급을 가지고 있는 사람은 웅걸(雄傑) 조위창(趙葦滄)이라는 사람일세."

그때, 문이 벌컥 열리더니, 웬 거지 하나가 안으로 들어와 장일에게 뭔가를 속삭이고는 밖으로 나갔다.

"아, 아닐세. 지금 비급을 가지고 있는 사람은 칠성검객(七星劍客) 엽문위(燁門位)라고 하는구만."

벌컥.

다시 거지가 안으로 들어오자 장일이 소리를 버럭 질렀다.

"그만해, 이 거지새끼들아! 나중에 한 번에 보고해!"

"예."

거지가 다시 밖으로 나가자 장일이 허탈한 얼굴로 말했다.

"그래서 지금 누가 비급을 가지고 있냐면…… 내가 어디까지 말했지? 조위창이었나?"

"……아니, 됐네."

위산호가 고개를 설레설레 저었다. 이러다가는 사람 이름만 말하다가 하루가 지나갈 기세였다. 물론 검황의 유진이니 쟁탈전이 크게 벌어질 것이라고 생각은 했지만, 이렇게 격한 쟁탈전이 벌어질 줄은 그도 몰랐다.

"그뿐 아닐세. 이건 그냥 비급을 손에 넣은 이들만 말한 거고 그 와중에 죽어 나가는 이들이 열 배는 넘을 걸세. 제대로 혈사가 벌어지고 있다고 봐야지."

"보통 일은 아니구만."

상황의 심각성을 조금씩 인지하기 시작하는 위산호와는 다르게 위정한은 그게 무슨 대수냐는 듯이 물었다.

"그래서 연호가 어떻게 됐다고?"

"연호가 문젭니까. 지금 이만큼 큰일이 벌어지고 있는데?"

장일이 버럭 성을 내자 위정한은 그게 무슨 개소리냐는 듯이 귀를 후비더니 입으로 훅 불었다.

"큰일?"

위정한이 혀를 차더니 말을 이었다.

"요즘 애들은 큰일을 안 겪어봤나? 강호에서 피가 나는 거야 당연한 일이지. 예전에 마교와 얽혔을 때는 하룻밤에 천 명씩 죽어 나가도 '아, 오늘은 별로 안 죽었으니 다행이다' 했는데 말이야."

"……."

생각의 범위가 너무 달라서 딴지를 걸기도 민망했다.

하기야 마교와의 싸움을 겪어보지 않은 그들이 무슨 말을 하겠는가.

"그러니 그게 연호와 무슨 관계인지나 설명해 봐라."

"……예."

아무리 그가 통뼈라고 해도 감히 위정한에게 대들 수 있을 리는 없었다.

집에서 보는 위정한은 한상아에게 잡혀 사는 한심한 가장이었지만, 밖에서 보는 위정한은 마교와의 전쟁에서 수많은 공을 세운 영웅이자 협사였다.

드르르륵.

장일이 들고 있던 지도를 펼쳤다.

"여기가 나산이고, 여기가 낙양입니다."

"음."

"연호는 현재 공도를 타고 낙양으로 향하고 있는 것으로 보입니다. 얼마 전에 신양 쪽의 지부에 들러 마차를 얻었다고 하는 정보가 들어왔으니 확실할 것입니다."

"오!"

그래도 거지새끼라고 어디서 정보는 잘도 물어오는 장일

이었다. 위정한이 쓸 만한 거지를 본다는 눈빛으로 장일을 주시했다.

"그리고 이게 지금 비급의 이동 경로입니다. 여기가 곽철이 죽은 곳, 여기가 석이명이 죽은 곳이고, 그리고 여기가……."

위정한의 눈이 휘둥그레졌다.

거지가 찍고 있는 점이 낙양 쪽을 향해 점점 이동하고 있었다.

"아니, 이 썩을 놈들이 싸우려면 지들끼리 싸울 것이지, 왜 연호가 있는 쪽으로 접근을 하고 있다는 말인가!"

"정확하게는 연호가 아니라 무맹으로 향하고 있는 것이지요. 개인이 아무리 날고 기어봤자 떼거리로 달려드는 다른 이들을 모두 피해내거나 막아낼 수는 없습니다. 요행히 이곳을 벗어난다고 하더라도 심산유곡에 숨어서 살지 않는 이상은 답이 없죠."

"그렇겠지."

"하지만 정무맹에 의탁을 해서 비급을 공동으로 연구하자고 주장하면 경우가 달라집니다. 그렇다면 정무맹에서는 당사자를 적극적으로 보호할 것이고, 명분과 실리를 동시에 챙길 수 있지요. 비급을 얻은 자의 입장에서도 실리와 생존을 동시에 모색할 수 있습니다. 누이 좋고, 매부 좋고! 도랑 치고, 가재 잡고!"

"으음, 확실히……."

그렇다면 비급이 왜 낙양으로 이동하고 있는 건지는 이해할 수 있었다.

"그럼 지금 이놈들이 개떼처럼 몰려서 눈이 벌게진 상태로 연호의 뒤를 쫓고 있다는 것 아닌가."

"예, 그렇습니다."

"……휘말릴 수도 있겠네?"

"그렇죠."

거지는 이제야 하고 싶은 말을 다 했다는 듯이 개운한 얼굴로 고개를 끄덕였다.

"그냥 지나갈 수도 있고, 아니면 휘말릴 수도 있습니다. 하지만 음, 뭐라고 해야 할까……, 위험한 것은 사실이고, 뭔가 예감이 좀 이상하기도 하고……."

"그럼 어떻게 해야 하지?"

쾅!

대답은 등 뒤에서 들려왔다.

나찰의 얼굴을 한 한상아가 방 안으로 들어오더니, 위정한을 노려보았다.

"자식 놈이 위험하다는데! 아비라는 작자가! 뭐? 어떻게 해야 하냐고?"

"아, 아니, 상아. 내 말은 그게 아니고!"

"시끄러워요!"

"네."

위정한은 조용히 구석으로 가 벽을 보고 섰다. 장일이 그 광경을 보고 가만히 그 옆에 서서 물었다.

"괜찮으십니까?"

"이보게, 장일이."

"예, 위 대협."

"……혼인은 신중해야 하는 걸세."

"뼈에 새기겠습니다."

"거기 뭐라고 중얼대고 있는 거예요?"

한상아가 역정을 내자 위정한이 히익, 놀라더니 쪼르르 한상아에게 달려가서 시립했다.

"준비해요. 내 새끼 털끝 하나라도 다치면 다들 아작을 내버릴 테니까."

"하지만 상아, 이미 거리가……."

"그래서요?"

"아니, 거리가 머니까 빨리 준비해야겠다 이거지, 내 말은."

장일은 위정한을 보며 혀를 찼다.

'정협검이 이런 꼴을 당한다는 것을 세상 누가 믿을 것인가.'

마도에 몸을 담은 이들에게는 귀신보다 무섭다고 알려져 있는 정협검 위정한이었다. 그런 이가 마누라를 귀신보다 무서워하는 줄 누가 알겠는가.

"장일."

"……으응?"

<u>고오오오오오.</u>

장일이 등 뒤에서 뿜어지는 기세에 기겁을 하여 뒤를 돌아보았다.

"자, 자네, 왜 그러나?"

"뭐가?"

"아니."

사람 표정은 무표정한데, 왜 이렇게 무섭단 말인가.

사람이 질식할 것 같은 기세를 뿜어낸 위산호가 장일에게 말했다.

"최단 경로."

"응?"

"연호가 있는 곳으로 가는 최단 경로가 어디인지 확인해서 말해주게. 경공으로 달려갈 것이니, 가장 빠른 길로!"

"……그, 그래, 알겠네."

위정한도 위정한이지만, 위산호도 심했다.

아무리 위연호가 위산호의 부주의 때문에 그동안 실종되어 있었다지만, 이쯤 되면 집착이었다.

"뭣하고 있나! 당장 준비하게!"

"네!"

위정한까지 버럭질을 하자 장일이 빠르게 지도를 펴기 시작했다.

'그런데 왜 내가 이걸 다 들어주고 있지?'

어느새 광동위가의 머슴쯤이 되어버린 장일이었다.

지도를 펴고 경로를 분석하던 장일이 뭔가 떠오른 듯 입을 열었다.

"아, 그런데……."

"응?"

장일이 대수롭지 않다는 듯이 말했다.

"그…… 별일은 아닌데, 연호가 신양의 정무맹 지부를 찾아왔을 때, 웬 여자 하나가 같이 있었다고 하는군. 젊은 여자가 말이야."

쨍그랑!

장일은 뭔가 깨지는 소리에 고개를 들었다.

마침 걸어오던 진예란이 들고 있는 약사발을 놓쳐 바닥에 떨어뜨리고는 그 자리에 주저앉아 있었다.

"괘, 괜찮으신가?"

한상아가 빠르게 달려가 진예란을 부축했다.

"네…… 괜찮아요. 그냥 잠깐 현기증이 나서요."

"저런 조심해야지."

"그런데……."

말을 하면서도 진예란의 눈은 한사코 장일에게 고정되어

있었다.

"방금 하신 말씀을 다시 한 번 해주실 수 있으실까요?"

"……네? 어느 부분?"

장일이 우물쭈물거리자 한상아가 슬쩍 눈치를 주었다.

"위연호와 어떤 여자가 같이 있었다는 말 말씀이신가
요?"

그 말을 들은 진예란은 아무 말 없이 바닥에 떨어진 약재
사발을 손으로 주섬주섬 줍더니 자리에서 일어났다.

"나산에 큰일이 벌어졌다고 했죠?"

"예."

"그럼 환자가 많겠네요."

"……그, 그렇겠죠?"

진예란이 조금은 불탄다 싶은 눈빛으로 고개를 돌리더니,
한상아를 바라보며 말했다.

"환자가 있는 곳에 의원이 없으면 안 되죠. 저도 동행해
도 될까요?"

한상아는 그 기백에 자신도 모르게 고개를 끄덕이고 말
았다.

*　　*　　*

"자냐고오오!"

공무진은 도통 저 인간을 이해할 수가 없었다.

위연호는 고수다. 그것도 어마어마한 고수다. 상식적으로는 이해가 안 되는 일이지만, 위연호와 공무진 사이에는 하나의 벽 수준이 아니라 하나의 차원 정도의 차이가 있었다.

화산의 최고수라고 할 수 있는 매화검존이 온다고 하더라도 과연 이길 수 있는가 하는 의심이 들 정도로 극강의 고수였다.

그러니 그가 느낀 것이라면 위연호도 당연히 느꼈을 것이다. 아니, 느껴야 한다.

그런데 저런 기운을 가진 고수들이 접근하고 있는데 코나 골면서 잠을 자고 있다니, 이건 좀 심하지 않은가!

'무신경한 건지!'

아니면 저 정도로는 위연호에게 위협도 줄 수 없다는 건가?

게으른 건지, 아니면 자신감이 넘치는 건지 도통 위연호의 사고방식을 이해할 수 없는 공무진이었다.

"크흐흠, 위 소저."

아무래도 위연호를 직접 부르는 것은 찝찝하던 공무진이 은근한 목소리로 위수련을 불렀다.

"……네?"

제 오라비의 머리를 눕혀 귀를 파주고 있던 위수련이 고개를 돌려 공무진을 바라보았다.

'쟤도 제정신은 아니라니까.'

아무리 오랜만에 만난 오라비가 함함하다고는 하나, 이런 와중에 저러고 있으니 속이 뒤집어지는 기분이 든다. 아까부터 위쪽을 힐끔힐끔 바라보는 이설화가 그의 속을 좀더 뒤집어놓은 것도 있었다.

"거, 위연호 소협을 좀 깨워주지 않겠는가?"

"오라비를 깨우라구요?"

위수련은 충격이라도 먹은 듯한 얼굴로 공무진을 돌아보았다.

"그게 그리 대단한 말이던가?"

"보통 오라비를 조금이라도 아는 사람은 그런 시도를 잘하지 않아서요."

"……그건 그렇겠지."

하지만 지금 상황은 아무리 봐도 그 혼자 감당할 상황은 아니었다.

"불청객이 온 것 같소이다. 큰 화가 몰려올 수 있으니, 위연호 소협을 깨워주시오."

위수련은 눈치가 없는 사람이 아니었다.

공무진과 저쪽에서 다가오고 있는 두 사람을 번갈아 바라본 위수련이 고개를 끄덕이고는 그의 오라비를 흔들기 시작했다.

"일어나! 일어나, 이 잠탱이야!"

좋다고 물고 빨 때는 언제고 깨울 때는 단호한 위수련이었다.

"아, 왜! 왜! 또 왜!"

"공 대협께서 깨우래."

"앙?"

삐딱하게 자신을 바라보는 위연호의 눈빛에 공무진은 먼 하늘을 바라보았다.

그걸 그렇게 말을 하면 어떻게 하나, 이 아가씨야!

"왜요!"

어찌나 물어보는 말도 싸가지 없고 상큼한지, 애정이 무럭무럭 솟아나게 만드는 위연호였다. 얼마나 귀여운지 깨물어주고 싶었다.

······송곳니로.

"느껴지지 않는가?"

"무당이세요?"

"아니! 그거 말고! 아니라고!"

부들부들한 공무진이 턱짓으로 저 끝을 가리켰다.

"저기! 다가오는 이들이 안 보이는가?"

"엥?"

위연호가 길을 따라 자신들을 향해 걸어오고 있는 이인을 보고는 고개를 갸웃했다.

"그래서요?"

"저들의 기세가 느껴지지 않는단 말인가? 자네가 그걸 느끼지 못할 리는 없을 텐데?"

위연호가 얼굴을 일그러뜨렸다.

"아니, 겨우 그런 거 때문에 사람을 깨우신 거예요?"

"……그런 거라니?"

"톡 치면 부러질 것 같은 영감님들 둘이 오는 게 뭐 그리 대수라고!"

"그, 그런가?"

이상하게 눈시울이 붉어지는 공무진이었다.

저런 노고수들이 톡, 치면 부러지게 생겼다면, 위연호의 눈에 자신은 얼마나 나약하게 보일 것인가.

살면서 단 한 번도 나약한 취급을 받아본 적 없던 공무진은 이 생소한 취급에 서러움이 물밀 듯 몰려오는 것을 느꼈다. 강호의 격언인 '억울하면 고수 되라'를 온몸으로 실감하는 공무진이었다.

위연호가 역정을 내고 다시 이불을 덮고 드러누웠다.

공무진은 차마 위연호를 말리지 못하고 연신 한숨만 내쉬었다.

"앓느니 죽지!"

내가 한다, 내가 해! 이놈아!

너는 우리 설화 옆에 알짱거리기만 해도 내가 죽…… 아니, 내가 너를 죽이지는 못하겠지만, 죽어도 훼방 놓⋯⋯.

아니, 이러면 내가 죽는 거 아닌가?

눈에 넣어도 아프지 않을 제자에게 놈팽이가 접근하는 것을 그냥 지켜보아야 하는 아비의 심정이 된 공무진이 답답함에 가슴을 쳤다.

"왜 하늘은 무위를 내리고 인성을 함께 주시지 않으셨는가!"

절절이 한탄해 보았지만, 하늘은 언제나 그렇듯 답을 내려주지 않았다.

그러는 사이, 꽤나 먼 곳에 있다 느껴졌던 두 사람이 그들의 마차를 향해 가까이 다가오고 있었다.

'으음⋯⋯.'

공무진의 눈이 샐쭉 가늘어졌다.

산보를 하듯이 천천히 내딛는 발걸음이지만, 한 발을 내디딜 때마다 이삼 장씩 쭉쭉 다가오고 있었다.

'보통이 아니군.'

이미 느끼기는 했지만, 직접 눈으로 보니 새삼 실감이 든다.

하지만 지레 겁을 먹는 것도 이상했다. 저리 공도로 오는 것을 보면 다른 이들의 눈을 피할 필요가 없는 이들이었다. 그런 이들이라면 거파의 선배들일지도 모를 일이었다.

공무진은 당나귀에서 내려 바닥에 섰다.

그러자 다가오고 있던 노인들도 그 자리에 멈춰 섰다.

노인들이 가만히 공무진을 바라보더니 입을 열었다.

"화산인가?"

매화가 수놓아져 있는 백색의 무복만 보더라도 공무진의 정체를 짐작하는 것은 그리 어렵지 않을 것이다.

"그렇습니다. 실례가 되지 않는다면 두 노선배의 존함을 물어도 되겠습니다."

"노선배……."

두 노인이 서로를 마주 보고는 웃음을 터뜨렸다.

"왜 웃으시는지?"

"아닐세, 아니야."

손을 저어 공무진의 말을 물리친 노인이 웃음을 참기 어렵다는 얼굴로 대답했다.

"자네에게 노선배라는 말을 들으니 웃음을 참을 수가 없구만."

"그러십니까?"

"노선배……. 무척이나 재미있는 말이로군. 음음."

노인이 고민하는 듯하더니 천천히 고개를 끄덕였다.

"화산의 후배에게 선배라는 말을 듣는 것도 진귀한 경험이니, 내 오늘은 그냥 갑세."

"예?"

"인연이 있다면 다음에 다시 만나기로 하지. 그럼 살펴 가시게나."

"아, 예."

공무진은 자신도 모르게 고개를 끄덕이고 말았다.

뭔가 이들은 사람을 저항하지 못하게 만드는 힘을 가지고 있었다.

얼떨떨한 얼굴로 길을 터주자 노인이 공무진의 어깨를 툭툭, 치고는 지나갔다.

"선배님들. 존함은?"

"아아, 우리 이름은 알 것 없네. 어차피 이름을 들어도 우리가 누군지는 모를 것이야. 즐거운 인연이었으니, 즐거움만 남기고 멀어지세나."

"그러시다면……."

뭔가 사정이 있겠지 짐작한 공무진이 고개를 끄덕이고는 둘을 배웅했다.

미소를 지으며 몸을 돌려 걸어가는 노인들을 보며 공무진이 고개를 갸웃했다.

'악인 같지는 않은데…….'

사람 좋은 미소와 말투를 보아하니 심성이 나빠 보이지는 않는데, 왜 자신들의 정체를 밝히지 않는단 말인가.

세상에 백 명의 사람이 있으면 백 명의 사정이 있는 것이니 굳이 따져 묻지는 않았지만, 이상하게 마음 한구석에 찜찜한 기분이 들었다.

"잠깐만요."

공무진의 고개가 위로 돌았다.

위연호가 마차 밖으로 고개를 빼꼼 내밀고 있었다.

"영감님들."

위연호의 영감님이라는 발언에 노인들의 눈썹이 꿈틀했다.

"허허, 영감이라니. 소형제, 우리는 아직 한창때이니 그런 식으로 부르지 않았으면 좋겠구만."

"그럼 뭐라고 불러 드려야 하죠?"

"음, 노형님이 어떻겠는가?"

"네, 좋아요. 노형님들, 실례가 되지 않는다면 하나 물어도 될까요?"

"좋네."

"이 앞쪽으로 혹시 뭔 일이 있나요?"

"앞쪽?"

"네. 두 분이 오신 쪽으로요."

"아니, 아무 일도 없네. 왜 그런 것을 묻는 것인가?"

"그럼 앞쪽에는 아무도 없어요?"

"내가 본 것은 민가 하나뿐일세. 그런데 사람은 없더군."

위연호가 마차에서 뛰어내렸다.

"민가라고 했죠?"

"그렇다네. 왜? 무슨 문제가 있는가?"

위연호의 얼굴이 살짝 굳어졌다. 언제나 희희낙락하던 위연호에게서는 볼 수 없는 표정이었다.

"왜 그러는가?"

위연호는 공무진의 말에 대답을 하지 않고 한 가지를 더 물었다.

"민가가 있는데 사람이 없더라고 했죠?"

"그렇다네, 소형제."

"그럼 그 민가에는 무엇이 있었나요?"

"흐음……."

노인이 볼을 긁적이더니 입을 열었다.

"사람은 아니었고, 짐승들이었다고나 할까?"

"하?"

위연호의 눈이 살짝 커졌다.

"그럼 그 소매 아래 묻은 피는 그 짐승들을 죽이면서 묻은 피인가요?"

"으음?"

위연호의 지적을 받은 노인 중 하나가 팔을 들어 올려 소매 아랫부분을 보았다.

"허허."

노인이 머쓱한 얼굴로 너스레를 떨었다.

"강호에 너무 오래 나오지 않은 모양이군. 이런 실수를 하다니."

"실전을 겪지 않으면 어떤 칼도 무뎌지는 법이지. 다음에 그런 실수를 하지 않으면 된다."

태연한 둘의 대화에 공무진이 가만히 검의 손잡이를 잡았다.

민가에 사람은 없고 짐승만 있을 리가 없다. 그렇다면 그곳은 민가라 불리지 않을 것이다.

"……두 분의 존함을 다시 한 번 물어도 되겠습니까? 실례가 된다고 해도 이번에는 반드시 듣고 싶군요."

"쯧쯧."

노인들이 안타깝다는 듯이 입을 열었다.

"선배라 불러준 인연 덕에 그냥 보내주려고 했더니, 애송이 놈 하나가 화를 자초하는구나. 일을 이렇게 만든 것은 내가 아니라 너희이니, 나를 원망하지 말거라. 오냐, 말해주마. 내 이름은 공치(孔治)라고 한다."

옆에 있던 노인도 입을 열었다.

"나는 법항(法恒)이라 하지."

"……공치, 법항."

이름만으로는 이 사람들이 누구인지 알 수 없었다. 그들의 말대로 이름으로 알려진 이들이 아닌 듯했다.

"그래서 내가 모를 거라 하지 않았느냐. 하지만 걱정할 것 없다. 내가 이제 친히 알려줄 테니 말이다. 세상 사람들은 나를 귀마(鬼魔)라고 불렀다."

"나는 도마(刀魔)라고 불렸지."

공무진의 얼굴이 순간 하얗게 질렸다.

"귀, 귀도쌍마(鬼刀雙魔)!"

"잘 아는구나. 그럼 너희가 왜 죽어야 하는지도 알겠지?"

공무진이 긴장된 얼굴로 둘을 바라보았다.

'이 살귀들이 왜 다시 강호에 나왔단 말인가.'

이들은 마교가 발호하기 이전 세대에 천하에 이름을 남기던 이들이었다.

당시에 귀도쌍마라고 하면 우는 아이도 이름을 그칠 만큼이나 그 악명이 자자했다.

마교의 발호와 동시에 더 이상 그 모습을 드러내지 않았기에 죽었거나 완전히 은거에 들어갔다고 생각했는데, 그들이 다시 모습을 드러낸 것이다.

"두, 두 분도 검황의 유진을 찾아 나온 것이오?"

귀마가 고개를 끄덕였다.

"물론이다. 우리가 엉덩이가 무거운 영감들이기는 하지만, 검황의 유진이라면 충분히 우리의 무거운 엉덩이를 들게 할 가치가 있지."

"그 나이에 더 나아가면 얼마나 더 나아가겠다고!"

"무학의 길은 끝이 없는 법이다, 후배여."

"나를 후배라 부르지 마시오! 나는 당신들 같은 선배를 둔 적이 없소!"

"낄낄낄, 제 스스로 선배라고 부를 때는 언제고, 이제 와서 다른 말을 하는구나. 아무래도 좋다. 너는 더 이상 우리를 선배로도 당신이라는 말로도 부르지 못하게 될 것이다. 죽은 자는 말이 없으니까."

그때, 위연호가 앞으로 뚜벅뚜벅 걸어 나오더니, 턱짓으로 귀마를 가리키며 말했다.

"앞쪽에서 뭘 하고 왔는지를 들어봐야겠는데요?"

"꽤나 건방진 소형제로군. 우리가 아이를 좋아하기는 하지만, 버릇없는 아이는 그리 좋아하지 않으니 조심하는 게 좋을 텐데?"

"조심하면 살려주나요?"

"좀 덜 고통스럽게 죽겠지."

위연호는 피식 웃었다.

"그게 그거네."

"아니, 아주 다르지."

귀마가 조금 전과는 전혀 다른 음산한 미소를 지으며 위연호에게 한 발 다가섰다.

"내가 마음먹고 고통스럽게 죽인 자들의 비명을 네가 들는다면 오금이 저려 제대로 서지도 못할 것이다. 네가 그 소리를 들려주지 못한 것이 아쉽군. 아니, 조금 뒤에 네 입에서 나올 비명을 들으면 되는 건가?"

"네. 잘 알았구요."

위연호는 귀찮다는 듯 손을 휘저으며 말했다.

"그래서 앞쪽에서 뭔 짓을 하고 왔고, 그 소매에 묻은 피는 뭔지 좀 들었으면 좋겠네요."

"후후."

도마가 가만히 입을 열었다.

"내가 토끼를 잡다가 이리되었다고 하면 어쩔 건가?"

"영감님."

영감님이라고 부르지 말라고 했는데도 굳이 영감님이라고 부르는 위연호였다.

"제가 왜 불렀는지 아세요?"

"……모르겠는걸?"

"내가 지금까지 본 사람 중에서 그쪽 두 사람처럼 피 냄새가 짙게 나는 사람은 처음이에요."

"호오?"

도마가 흥미롭다는 듯이 위연호를 바라보았다.

"너무 향이 짙어서 코가 썩을 것 같아요."

공무진의 얼굴이 굳었다.

위연호가 말하는 향이라는 것은 실제로 나는 냄새를 말

하는 것은 아닐 것이다. 저들의 몸에 배어 있는 살기가 그 만큼이나 짙다는 뜻이리라.

"무슨 짓을 한 거요?"

공무진의 목소리 역시 더없이 딱딱해졌다.

귀마가 공무진의 반응을 보고는 눈살을 찌푸렸다.

"쯧쯧, 이래서 그냥 가려고 한 건데. 이렇게 나오면 우리도 더는 참기가 힘들구나. 우리가 아무리 인내심이 깊다고는 하나 내 반도 살지 못한 꼬마 놈들에게 모욕을 당하고도 허허 넘길 정도로 정인군자는 아니다."

"알았으니까, 앞에서 무슨 일을 하고 왔는지나 말씀해 보세요."

위연호의 말에 귀마가 헛웃음을 터뜨렸다.

"죽어도 알고 싶다면 알려줘야지."

귀마가 턱수염을 쓸어내리며 말했다.

"네가 생각하는, 그런 일은 벌어지지 않았다. 나는 그저 자연스레 해야 할 일을 했을 뿐이지."

"해야 할 일?"

"그래. 어쩌면 화산이 가르치는 것을 내가 실행했을지도 모르지."

공무진의 눈썹이 꿈틀댔다.

"무슨 소리요, 그게?"

"도가니 불가니 하는 것들은 세상이 자연스레 돌아가기

를 원하지 않느냐? 인간이 죽어서 땅에 묻히는 것은 자연스러운 이치일 테니, 이 몸이 도가의 가르침을 행했다고 해도 과언은 아니지. 흐흐흐."

공무진이 검의 손잡이를 꽉 움켜잡았다.

피 냄새.

마을.

그리고 사람을 죽음으로 보냈다.

그 세 가지만으로 무슨 일이 있었는지를 짐작하기는 그리 어렵지 않았다.

"이! 천벌을 받을!"

공무진이 검을 뽑아냈다.

"천벌이라…… 너희가 내게 천벌을 내릴 수 있을까? 그러고 보면 화산의 피를 본 지도 오래되었군. 도마가 그러더군, 화산 놈들을 베면 피에서 매화 향이 난다고 말이야. 나는 그런 향을 맡아보지 못했거든. 네놈의 피에서 무슨 향이 나는지를 맡아보면 되겠군."

스르릉.

공무진이 검을 뽑아 들었다.

머리에 열이 올라 제대로 생각을 할 수 없을 정도였다. 귀도쌍마라면 그가 홀로 감당할 수 있는 이들이 아니다. 이미 반백 년 전에 천하를 위진시킨 고수들을 그가 무슨 수로 감당하겠는가.

하지만 이런 일을 듣고도 물러설 수는 없었다.

"스승님."

이설화가 검을 뽑아 들고 공무진의 옆에 섰다.

이설화의 얼굴을 보자 몸 안에 들끓던 혈기가 한순간에 가라앉는 느낌이었다. 머리를 차게 식힌 공무진이 입을 열었다.

"설화야, 잘 듣거라."

"예."

"저 악적들은 우리보다 강하다. 이대로 싸우게 된다면 이길 확률은 거의 없을 것이다."

"예."

"하지만 그렇다고 해서 악적을 보고도 눈을 감고 귀를 틀어막는다면, 검을 배운 이유가 무엇이겠느냐. 무인이라면, 그리고 스스로 협사를 자처하는 이라면 계란으로 바위를 쳐야 할 때도 있는 법이다."

"명심하겠습니다."

공무진의 말을 들은 이룡이봉도 슬그머니 다가와 공무진의 뒤에 섰다.

"감명 깊은 말씀이셨습니다."

"개안을 한 기분입니다. 협사는 당연히 그래야 하죠."

남궁혜가 검을 뽑아 들고는 말했다.

언효 역시 씨익 웃으며 한마디를 보탰다.

"복귀하는 데 명분이 좀 부족하다 싶었는데, 마침 잘됐습니다. 귀도쌍마의 목이라면 교관님들도 아무 말을 못하지 않겠습니까? 이거, 인생사 새옹지마라고 하더니, 큰 공을 세울 기회가 찾아왔군요."

언효의 말에 다들 고개를 끄덕였다.

'과연.'

공무진은 그의 뒤를 받치는 이룡이봉에 감탄할 수밖에 없었다. 그들이 귀도쌍마에 대해서 조금이라도 안다면 일행 모두가 돕는다고 해도 이긴다 장담할 수 없다는 것을 알고 있을 것이다.

하지만 모두가 협의에 가득 차서 망설임 없이 그를 거들고 나선 것이다.

'강호의 협은 살아 있구나.'

그런데……

"아구구."

위연호는 잠시 동안 그렇게 서 있는 것도 힘들다는 듯이 마차 발 받이에 걸터앉았다.

'저건 협심이 있는 것도 아니고, 없는 것도 아니고……'

저걸 뭐라고 평가해야 하는 건지 헷갈리기 시작했다.

"애송이 놈들이 아주 재미있게 구는구나."

귀마가 낄낄대며 웃더니, 소매 속에 감춰진 손을 들어 올렸다.

청록 빛으로 빛나는 그의 손을 본 공무진의 표정이 어두워졌다.

'진녹색에 가깝군.'

귀마는 녹마수(錄魔手)라는 독문 무공으로 유명했다. 녹마수는 손에 띤 녹색이 짙어질수록 그 화후가 높은 것이라 알려져 있었다. 반백 년 전에 귀마가 활동할 당시에는 그의 손은 지금처럼 진녹색이 아니라 옅은 녹색 수준이라 했으니, 아마 지금은 그때와는 비교할 수도 없는 무위를 갖추고 있을 것이다.

'그래도 도와는 주겠지?'

공무진은 결코 무모한 자가 아니었다. 만약 이 자리에 위연호가 없었다면 그는 귀도쌍마와 맞서 싸우기보다는 도주하는 것을 선택했을 것이다.

자신 혼자라면 몰라도 생때같은 목숨들을 길가에서 허무하게 지게 할 수는 없는 노릇이었으니.

"노욕을 부리지 않았다면 그 목숨은 유지했을 텐데, 그 나이에 검황의 유진을 얻는다고 뭐가 달라진다는 말인가."

"하?"

귀마가 어이없다는 듯이 말했다.

"너는 검황이 어떤 인물인지나 알고 있느냐?"

"……고금제일검이라 들었다."

"아이야, 너희는 알지 못한다. 마교의 참화는 너무 많은 것을 앗아갔지. 우리가 어릴 적에 듣던 검황과 지금 너희가 듣고 있는 검황은 너무나도 다르다. 네가 검황이 어떤 인물인지를 안다면 그 유진을 얻는다는 것이 얼마나 엄청난 의미를 가지고 있는지를 알 수 있었을 것이다."

"화산의 검은 검황의 검에 못지않다."

"쯧쯧쯧."

귀마가 한심하다는 듯 공무진을 바라보았다.

"일양자가 살아 돌아온다고 해도 감히 그런 말은 하지 못할 터인데, 애송이 놈이 자부심만 높구나. 화산의 검은 검황이 아니라 감히 내게도 미치지 못함을 보여주지."

그 말이 끝이었다.

더 뭔가 대화를 나눌 것이라 생각했건만, 귀마는 지금까지 보여준 여유로운 모습이 무색할 만큼 마치 악귀와 같은 형상으로 녹마수를 앞세워 공무진에게 달려들었다.

"큭!"

공무진이 이를 악물고 검을 꽉 움켜잡았다.

이십사수매화검법 중 방어에 가장 효율이 높은 낙매분분

(落梅紛紛)을 펼쳐 내며 막아섰지만, 귀마의 녹마수는 공무진이 바늘 하나 샐 틈 없이 펼쳐 낸 낙매분분을 너무도 수월하게 뚫고 들어왔다.

"스승님!"

이설화가 순간적으로 검을 뽑아 힘을 보탰지만, 귀마의 손을 막아내는 것은 무리였다.

"탓!"

그 순간, 짧은 기합성과 함께 공무진의 등 뒤에서 날카로운 도기가 뿜어져 나왔다.

"흐음?"

붉은빛을 띤 도기와 함께 푸른빛의 검기까지 동시에 날아들자 귀마는 공무진의 목을 잡아가던 손을 멈추고 도기와 검기를 튕겨냈다.

"팽가의 도와 남궁의 검까지?"

단 한 번의 교환만으로 상대의 정체를 파악해 낸 귀마가 끌끌거리며 손을 털어냈다.

"화산에 팽가, 그리고 남궁이라……. 내가 화를 만난 것인지, 아니면 봉을 만난 것인지 모르겠구나."

여유를 되찾은 귀마와는 다르게 남은 인원들의 얼굴은 영 좋지 못했다.

'노괴물이란 말이 왜 나왔는지 알겠군.'

여기에 있는 이들이 모두 합공을 한다고 해도 귀마 하나를 감당하는 것이 쉽지 않아 보였다. 그런데 이곳에는 귀마 뿐 아니라 도마도 있지 않은가.

저 둘이 연수한다고 하면 이곳에 있는 이들이 한 명씩 더 있다고 해도 필패였다.

공무진이 얼굴을 붉혔다.

'이 정도일 줄이야.'

평생을 고련한 그의 검이 너무도 무력하게 뚫리고 말았 다. 귀도쌍마라고 하면 그가 태어나기도 전부터 천하에 이 름을 떨치던 이들이니 당연하다면 당연한 것이겠지 만…….

"……산삼이라도 삶아 먹은 거요?"

귀마가 눈을 찌푸렸다.

"너도 나이를 먹으면 자연히 내공이 쌓이는 것이지. 아 무리 재기발랄한 아이라고 해도 강호에서 굴러먹은 세월을 이겨낼 수는 없는 법이다."

그 말을 들은 공무진의 시선이 묘한 곳으로 돌아갔 다.

"그렇다는데, 어찌 생각하는가?"

위연호는 자신을 보며 말하는 공무진의 말에 친절하게 대답을 해주었다.

"틀린 말은 아니죠."

"오?"

"아무리 저라고 해도 삼백 년 묵은 귀신은 이길 수가 없었거든요. 앞으로 삼백 년쯤 더 수련을 한다면 모르겠지만, 그럴 일은 없을 테니 평생 이길 수 없다고 봐야겠죠."

"그렇군. 그 삼백 년 묵은 괴물이 자네 사부를 말한다는 건 알겠네. 그래서 자네의 그 무지막지하고 귀신 같은 사부가 이런 인물들을 만났을 때는 어찌하라 하던가?"

위연호가 굳은 얼굴로 대답했다.

"신경 쓰지 말고 냅 둬라."

"응?"

" '너는 판관도 아니고, 세상의 이치를 정하는 자도 아니다. 각자에게는 각자의 삶이 있는 법이고, 반드시 처치해야 할 만큼 간악한 자라면 네가 아니더라도 누군가는 처치할 것이니, 그냥 네 일에나 집중해라' 라고 하시던데요."

"……자네 사부 존함이 뭐라고 했지?"

"말해도 모른다니까요."

위연호가 한숨을 쉬면서 자리에서 일어났다. 그러고는 천천히 검을 뽑기 시작했다.

말과 행동이 다름을 이상하게 여긴 공무진이 입을 열었다.

"그런데 자네는 왜 검을 뽑고 있는가?"

"그야 간단하죠. 저는 사부님의 제자이기도 하지만, 아버지의 아들이기도 하단 말이죠. 제 아버지가 정협검인데, 이런 마두들을 보고 그냥 지나갔다고 하면 삼 일 밤낮동안 잔소리를 하고도 남으실 분이라서요."

"그건 그렇겠지."

정협검의 호협함은 이미 강호에 유명하지 않은가.

"그리고 사부님께서 이런 말씀도 하셨거든요."

"응?"

"검을 쓰는 것을 정하는 건 전적으로 기분이다."

"그건 또 뭔 소린가?"

"에, 음…… 뭐라고 길게 말하기는 했는데, 요점은 아주 간단해요. 쉽게 말하자면, '기분이 더러우면 그냥 칼 뽑아서 베어버려라' 이런 말이죠."

"……"

위연호가 귀마를 보면서 천천히 검을 뽑고 다가왔다.

"그리고 저는 지금 기분이 영 더럽거든요."

자신에게 다가오는 위연호를 본 귀마는 어이가 없었다.

'저 애송이는 뭐지?'

웬만큼 미친놈이 아니고서야 감히 그의 앞에서 저렇게

검을 뽑아 설치지는 못할 텐데, 이놈은 제대로 미친놈인지 그 미친 짓거리를 태연하게 하고 있었다.

더구나 다른 이들도 그를 말리려 들지 않고 있었다.

'이게 무슨 상황인가?'

그가 강호에 출두한 지가 백 년은 되었을 건데, 이런 황당한 상황은 처음 보는 것 같았다. 쥐가 호랑이를 잡겠다고 이쑤시개를 들고 와도 이리 황당하지는 않을 것이다.

"소형제, 소형제는 겁이란 걸 조금 배울 필요가 있을 것 같네."

"네. 그쪽이 겁이 많은 건 확실하게 알았어요."

"뭐라고?"

위연호는 태연한 얼굴로 말했다.

"쌍마니 뭐니 하고 설치다가 마교가 발호하니까 잽싸게 도망갔다가 이제 다시 강호에 나온 거잖아요. 웬만큼 겁이 많지 않고서는 그럴 수가 없을 텐데."

"이놈이……."

귀마가 막 입을 열려고 하자, 위연호가 손을 들어 그의 말을 막았다.

"좋은 칼 놔두고 말로 씨름할 것 없죠. 그냥 싸우자구요. 시간을 너무 끌었으니까."

귀마는 헛웃음을 흘렸다.

"어린놈이 감히 내가 누구인……."

그때, 귀마의 눈에 이상한 것이 들어왔다.

위연호가 검을 들어 올리더니 천천히 아래로 내리그었다.

'뭐하는 거지?'

어찌 보면 그냥 혼자서 몸을 푸는 것으로 보일 수도 있는 광경이다. 하지만 귀마는 등골부터 치밀어 오르는 불길함을 느껴야 했다.

그리고 그 불길함이 귀마를 살렸다.

자신도 모르게 얼굴 앞으로 뻗어 올린 손에서 화끈한 통증이 느껴졌다.

'통증?'

통증이라는 것을 느껴본 것이 얼마 만이던가.

더구나 그의 손은 통증을 느낄 수가 없는 부위였다. 그의 마공이 모두 집약되어 있는 곳이 바로 그의 손이 아닌가. 강철보다 단단하고 쇠를 종잇장처럼 찢어발기는 그의 손에서 통증이라니.

하지만 아직 놀라기는 일렀다.

투둑.

어색한 소음.

귀마의 눈이 아래로 향했다.

소리가 난 곳에는 익숙한 손가락이 떨어져 있었다. 아니,

익숙한 손가락이라는 말은 적당치 않을지도 모른다. 그 생김새는 매우 익숙하지만 평생 동안 손에 붙어 있던 손가락이 바닥에 떨어져 있는 모습은 그도 처음 보는 것이었으니까.

"어어……."

여전히 상황을 파악하지 못한 귀마가 신음을 흘리며 자신의 손을 바라보았다.

검지부터 소지까지 네 개의 손가락이 모두 잘려 나가 있었다.

"이, 이게?"

대체 무슨 일이 벌어진 것인가.

어떻게 녹마수를 극성까지 익혀낸 자신의 손가락이 이토록 쉽게 잘려 나갈 수가 있단 말인가.

"에이."

위연호가 귀찮아졌다는 듯 고개를 흔들었다.

"뭐, 잘됐어요. 너무 쉽게 죽어도 안 되니까."

"……."

귀마가 숫제 괴물을 보는 듯한 눈으로 위연호를 바라보았다. 무슨 일이 벌어진 것인지 이해할 수는 없지만, 이 애송이가 그의 손가락을 자른 것이 분명했다.

하지만 어떻게?

"정신 차려라! 귀마!"

잔뜩 긴장한 도마의 목소리가 그의 정신을 일깨웠다.

"초극의 고수다. 여기가 우리 무덤이 될 수도 있어."

도마의 말을 들은 귀마는 이를 꽉 깨물었다. 눈앞에 보이는 멍청한 놈이 그의 손가락을 일수 만에 잘라 버릴 수 있는 고수라는 사실은 여전히 믿기 힘들지만, 강호는 종종 그런 일이 일어나기도 하는 곳이다.

"……너, 너는 대체 뭐냐?"

위연호는 한숨을 쉬었다.

"제가 누군지 알면 뭐가 달라져요?"

귀마는 할 말을 잃었다.

그랬다.

이미 위연호는 귀마의 손가락을 잘랐다. 그 이전부터 귀마는 위연호를 살려 보낼 생각이 없었다. 그런데 이제 와서 서로가 누구인지를 안다고 해서 뭐가 달라진단 말인가.

"난 솔직히 당신 같은 사람들에게는 관심이 별로 없어요. 우리 아버지나 형과는 달라서 협이라는 게 뭔지 딱히 알고 싶은 생각도 없구요. 나와 관계도 없는 사람을 죄를 지었다는 이유로 쫓아서 단죄할 만큼 부지런하지도 못하거든요."

귀마의 얼굴이 일그러졌다.

"그런데 이렇게 찾아와서 설쳐 대는 양반들을 그냥 보내

줄 만큼 착하지도 못한 것 같네요. 아까부터 속이 부글부글 끓는 느낌이라 아무래도 내 화풀이에 좀 어울려 줘야 할 것 같아요."

"화풀이?"

귀마의 눈이 떨리기 시작했다.

자신은 귀마다.

귀도쌍마라고 하면 과거에는 울던 어린아이도 울음을 그칠 만큼 천하에 그 악명을 떨치지 않았던가.

그런데 오십 년 만에 강호에 다시 나온 이때, 저런 애송이 놈이 귀도쌍마를 상대로 화풀이를 하겠다고 말하는 것이다.

"이이! 어린……."

그 순간, 위연호의 검이 다시 움직였다.

이번에는 확연하게 보였다. 아주 천천히 움직이는 것 같던 검이 순간적으로 가속하더니, 귀마의 턱을 그대로 갈라 왔다.

귀마는 하나를 깨달을 수 있었다.

보인다고 해서 다 피할 수 있는 것은 아니라는 것을 말이다.

검이 다가오는 것을 보고 필사적으로 고개를 틀었지만, 위연호의 검은 매정하게도 그의 귀를 그대로 갈라 버렸다.

"크아아아앗!"

얼굴 옆쪽에서 느껴지는 화끈한 통증.

툭.

그리고 바닥에 떨어진 익숙한 귀.

귀마는 분노와 황당함이 뒤섞인 표정으로 바닥에 떨어진 손가락과 귀를 바라보다가 일순 괴성을 지르며 위연호에게 달려들었다.

"귀, 귀마!"

등 뒤에서 도마의 필사적인 외침이 들렸지만, 분노로 이성을 잃은 귀마를 잡기에는 역부족이었다.

"으아아아아아! 이! 애송이 놈이!"

하나 남은 멀쩡한 손으로 녹마수를 전개하며 귀마가 위연호를 향해 덮쳐들어갔다.

"오빠아아아아!"

위수련이 목이 터져라 비명을 질렀다.

귀마와 위연호의 눈이 마주쳤다.

그 순간, 귀마는 자신의 몸이 빙굴에라도 떨어진 것 같은 차가운 한기를 느껴야 했다.

전신의 피가 싸늘하게 식어가는 느낌.

'뭐, 뭔 놈의 눈이…….'

가라앉은 눈으로 귀마를 바라보던 위연호의 검이 움직였다.

"인간은……."

서걱!

귀마의 팔이 잘려져 허공으로 치솟았다.

"도리를 알아야……."

서걱!

두 다리도 잘려 나가 바닥으로 나뒹굴었다.

"인간인 법."

지탱할 다리를 잃어 바닥으로 쓰러진 귀마가 여전히 지우지 못한 황망함을 한껏 담아 위연호를 바라보았다. 잘려진 팔과 다리에서 피가 폭포수처럼 뿜어져 나왔다. 의식이 급속도로 흐려져 간다.

"내가 지금까지 본 사람 중에 당신들보다 더한 악인이 없었냐고 묻는다면 생각을 해봐야겠지만, 하나는 확실하죠. 그중에서도 재미로 사람을 죽이는 이는 없었어요."

"너……."

"그렇게 죽어요. 단숨에 목을 베어주는 건 당신들에게는 너무 사치스러운 죽음이니까."

무언가 말을 하려고 입을 뻐끔거리던 귀마는 차마 하려던 말을 내뱉지 못하고 그대로 숨이 끊어졌다. 천하를 횡행하던 귀도쌍마의 귀마라고는 믿기지 않을 만큼 초라한 죽음이었다.

위수련은 멍한 눈으로 위연호를 바라보았다.

'내 오라비가 맞나?'

그녀가 기억하는 오빠는 항상 게으르고 약삭빠른 사람이었다. 그런 이가 운이 좋아서 고수가 될 수는 있을지 모르지만, 저런 남자다운 모습을 보인다는 건 상상도 해보지 못한 위수련이었다.

위연호는 가만히 목숨이 끊어진 귀마를 바라보았다. 너무도 원통한지 눈도 감지 못하고 있는 귀마의 시체는 싸늘히 식어가고 있었다.

"흠."

위연호는 검을 바닥으로 떨쳤다.

강호에 나와 처음 저지른 살인이지만, 꺼림칙함은 느껴지지 않았다. 당연히 죽여야 할 이를 죽였다는 생각뿐.

위연호의 고개가 천천히 도마에게로 돌아갔다.

"귀마……."

도마는 평생을 함께해 온 귀마의 죽음을 믿지 못하겠다는 듯 몸을 떨고 있었다.

"애통해요?"

태연스런 물음에 도마가 눈을 부릅뜨고 위연호를 노려보았다.

"당신들이 지금까지 죽여온 사람의 친인들도 다들 그런

기분을 느꼈을 거라고는 생각하지 않아요? 그럼 억울할 일
도, 비통할 일도 없을 텐데?"

"……네, 네놈이 뭘 안다고!"

"아아, 별로 알고 싶지도 않아요."

위연호는 검을 들고는 도마를 향해 걸어갔다.

"그렇게 애통하다면 저승에서 만나시면 될 일이죠. 걱정
하지 마세요. 바로 따라 보내 드릴 테니까."

도마는 처연한 눈으로 위연호를 바라보았다.

어디서 이런 괴물 같은 놈이 튀어나왔단 말인가.

웬만한 검문의 장문인들도 귀마와의 승부를 장담할 수는
없었다. 아니, 거파의 장로급이 되지 않는 이상은 감히 귀
마와 승부를 겨룰 수 없을 것이다.

그런데 이 눈앞의 어린놈은 귀마를 쓰러뜨린 정도가 아
니라 숫제 어른이 어린아이를 가지고 놀듯이 단숨에 지옥으
로 보내 버렸다.

'있을 수 없는 일이야.'

하지만 직접 눈으로 본 일이니 믿지 않을 수도 없다.

스르릉.

도마는 그의 애병을 뽑았다.

"잠시만."

위연호가 가만히 그를 바라보자 도마가 도를 움켜잡은
채 말했다.

"조금만 기다려 주게. 준비가 덜 됐네."

"시간 끈다고 달라지는 건 없어요."

"……시간을 끄는 게 아닐세. 무인으로서 마지막은 최선을 다해보고 싶은 욕심일 뿐이야."

"아, 그래요?"

순간, 위연호의 검이 도마의 미간을 노리고 빛살처럼 날아들었다.

"큭!"

채챙!

도를 들어 올려 간신히 검을 쳐냈지만, 위연호의 백검(白劍)은 마치 살아 있기라도 한 듯이 영활하게 움직이며 다시 도마의 목을 노려왔다.

그런 탓에 도마는 입 한 번 떼지 못하고 날아드는 검을 쳐내야 했다.

초식?

그런 것은 쓸 틈도 없었다.

일격, 일격이 모두 그의 목숨을 노리고 있었다. 조금만 대응이 늦어도 바로 저승길로 직행할 것이다.

"무인?"

위연호가 낮은 비웃음을 흘렸다.

도마의 얼굴이 더 일그러질 수 없을 만큼 흉측하게 일그러졌다.

"무공으로 양민이나 죽이고 다니는 쓰레기들이 무인을 자처한다니, 어이가 없네요. 무인으로서의 죽음? 그런 사치스러운 걸 바라시면 안 되죠."

그 와중에도 도마는 전력을 다해 날아드는 검을 막아냈다.

하지만 그를 더욱 고통스럽게 만드는 것은 날아드는 검이나 그것을 막아내려 미친놈처럼 뛰며 도를 휘두르는 자신도 아니라…… 그를 극한까지 몰아붙이고 있으면서도 입을 열어 말을 할 여유가 위연호에게 남아 있다는 사실이었다.

그 말인즉, 마음만 먹는다면 위연호는 지금 당장이라도 그의 목을 취할 수 있다는 뜻이었다.

"으아아아아아아!"

도마가 괴성을 지르면서 전력으로 위연호의 검을 쳐냈다.

퉁!

튕겨 올라간 검이 허공으로 잠시 밀려난 틈을 타 도마는 자신이 할 수 있는 최선을 다해 도를 전개했다.

발끝에서부터 모든 내공을 모아 도에 밀어 넣은 도마가 상단세로 자세를 변환했다. 그런 후, 일격!

세상을 모두 쪼개 버릴 기세로 도마가 검을 아래로 내려쳤다.

하지만 위연호는 태연하게 검을 회수하더니 싱긋 웃었다.

"무인다운 죽음이라……."

위연호의 검이 천천히 빛을 뿜어내기 시작했다.

새하얀 빛.

티 한 점 없이 새하얀 빛을 뿜어내는 위연호의 검이 앞으로 쭉 내밀어졌다.

그리고 도마는 보았다.

세상을 모두 덮어버린 광휘(光輝)를.

온 세상이 순백으로 뒤덮여 버린 것만 같았다.

도를 내려치던 도마가 그 광경을 보고 하나의 이름을 머릿속에 떠올렸다.

세상의 모든 검이 있다는 그곳.

그리고 세상의 모든 검을 지배할 검도 존재한다는 바로 그곳.

"마, 만검(萬劍)……."

하지만 채 그 목소리가 새어 나오기도 전에 순백의 광채가 도마의 몸을 뒤덮어 버렸다.

위연호는 그 광경을 보며 가만히 중얼거렸다.

"무인답게 살지는 못했으니, 적어도 죽을 때라도 무인답게 죽어야죠."

천하를 호령하던 귀도쌍마가 그 삶의 종지부를 찍는 순간이었다.

공무진은 기이한 위화감을 느껴야 했다.

물론 귀도쌍마는 충분히 죽어 마땅한 악적이다. 그러니 위연호가 귀도쌍마를 저승으로 보내준 것에는 아무런 불만이 없었다.

하지만 한 세대를 장식했던 전설이 후대의 젊은 검수에게 단번에 목이 달아나는 모습은 이제 장년으로 향해가는 그로서는 그리 보고 싶지 않은 모습이기도 했다.

장강후랑추전랑(長江後浪推前浪)같은 빤한 이야기를 들먹이지 않더라도 전 세대가 후세대에 밀려나는 것은 당연한 것이다.

하지만 이건 뒷물결이라기보다는 뒤에서 불어오는 폭풍 같은 느낌이었다.

'귀도쌍마를 어린아이처럼 잡아버리다니.'

위연호가 강한 것은 알고 있다.

하지만 그 강함이라는 것은 대련을 통해 파악한 것이다. 실전에서 위연호가 어떤 모습을 보일지는 그에게도 미지수였다.

그리고 그 실전을 본 소감은 한마디로……

"괴물이군."

공무진은 고개를 젓고 말았다.

"이걸 사람들이 믿으려나?"

공무진이 뒤를 돌아보자 언효가 큰 충격을 받은 얼굴로

고개를 저었다.

"저는 눈으로 보았음에도 믿기지가 않습니다. 아무도 믿지 않을 겁니다."

"……그렇겠지."

살다 보면 표범이 호랑이를 잡는 일 정도는 일어날 수 있다. 눈으로 그걸 보았다고 하면 믿기 힘들어 하는 이도 있겠지만, 수긍하는 이도 있을 것이다.

하지만 토끼가 호랑이를 잡았다고 한다면 미친놈 소리 듣기 딱 좋았다.

공무진은 방금 전 호랑이를 잡은 토끼를 바라보았다.

"아고, 간만에 몸 좀 썼더니 허리가……."

주섬주섬 검을 집어넣은 위연호가 천으로 검집을 둘둘 말더니, 작대기처럼 대충 집어 들고 마차로 향하기 시작했다.

끼이익.

그때, 마차 문이 열리더니, 상관홍이 마차 밖으로 고개를 내밀었다.

"……무슨 일이오?"

생기가 반쯤은 빠져나간 것 같아 보이는 상관홍을 보며 이룡이봉은 서로 눈빛을 교환했다.

'살아 있는 게 어디야.'

'그 정도로 끝난 게 다행이네요.'

'친구여, 잃은 것에 노여워 말게. 그래도 자네는 살아 있지 않은가.'

"아무것도 아닐세."

공무진이 상관홍에게 다가가 어깨를 툭툭, 두드리더니 그를 다시 마차 안으로 밀어 넣었다. 그 모습이 마치 귀찮은 것을 치우는 것처럼 느껴졌다.

"웃차!"

위연호가 마차 위로 올라가 드러눕자, 위수련도 폴짝 마차 위로 뛰어올랐다.

"오, 오빠!"

"왜."

"오빠, 왜 이렇게 세?"

"오라비는 원래 세다."

"오빠, 무지 세던데?"

"오라비는 원래 무지 세다."

태연한 얼굴로 자신의 얼굴에 금칠을 하는 위연호지만, 듣고 있는 이들 중 아무도 그 말에 반박을 하지 못했다.

'귀도쌍마를 개 잡듯이 잡는데…….'

이쯤 되면 위연호가 '사실 나는 네 오라비가 아니라 반로환동한 네 할애비다'라고 해도 반쯤은 믿을 상황이었다.

이룡이봉과 공무진은 바닥에 널브러진 귀도쌍마의 시체를 보면서 자꾸만 멀어져 가는 현실감을 되찾기 위해서 애써야 했다.

　'그런데 왜 이리 아니꼽지?'

　딱히 거드름을 피운 것도 아니고, 자랑을 해 댄 것도 아닌데, 사람을 아니꼽게 만드는 재주가 있는 위연호였다.

　"출발 안 해요?"

　"잠시만 기다리게."

　공도에 이렇게 시체를 내버려 두고 가는 것도 문제였다. 그렇다고 매장을 하자니, 마두의 시체를 정성스레 땅을 파묻어주기도 애매했다.

　"일단 구석으로 옮기세."

　언효과 팽도형이 나서서 시체를 구석진 곳으로 옮겼다.

　"대충 이래놓으면 짐승들이 알아서 파먹겠지."

　저런 이들에게 묘를 내준다는 것도 과한 일이라 생각한 공무진은 결국 그리 결론을 내렸다.

　"……공 대협, 그런데 말입니다."

　"음?"

　"저희가 이 귀도쌍마를 잡았다고 윗선에 보고를 해야 하는데, 대체 뭐라고 보고를 해야 할지……."

　공무진의 얼굴이 일그러졌다.

'우연히 동행하게 된 웬 게으름뱅이가 검을 뽑더니, 귀도쌍마를 개처럼 때려잡던데요'라고는 할 수 없지 않은가.

그런 식으로 보고를 했다가는 '이놈들이 임무를 맡겨놨더니, 농땡이를 치다 왔구나. 귀도쌍마가 어느 동네 개 이름인 줄 아느냐?'라는 답변이 돌아올 게 빤했다.

"……일단 자네들과 내가 싸워서 잡았다고 보고를 하게."

"그런데 그건 거짓이지 않습니까? 잡은 당사자도 화를 낼 거고."

공무진이 고개를 돌려 이미 마차 위에 드러누운 위연호를 힐끔 보고는 말했다.

"당사자는 관심 없는 것 같으니 괜찮고, 윗선에는 내가 따로 말을 해둘 테니 그냥 그렇게 보고를 하게."

"그래도 되겠습니까?"

"끄응, 뭘 어쩌겠나."

위연호를 만난 이후로 자꾸 거짓말쟁이가 되는 것 같은 공무진이었다.

'이래도 되는 걸까?'

천하를 떨쳐 울릴 후배가 나오는 것은 환영할 만한 일이었다. 하지만 그 후배의 모습을 상상할 때는 전형적으로 상상되는 무언가가 있었다.

반듯한 얼굴에 영웅건을 두른 헌앙한 청년의 모습이라든가, 아니면 칼날 같은 기세를 품고 있는 날카로운 사내의 모습이라든가.

여러 가지 모습이 있지만, 그 어디에서도 검 들기도 귀찮아서 뒹굴거리며 사는 눈꼽 낀 청년의 모습은 없었다.

'이래도 되는 거냐고!'

다시 한 번 고개를 들어 바라보자 이불까지 덮고 늘어진 위연호의 모습이 보였다.

공무진은 울고 싶어졌다.

강호의 미래에 먹구름이 몰려오는 것을 보는 기분이다.

"이것 좀 드세요."

그리고 그때, 이설화가 어디선가 바리바리 싸 온 과자를 위연호에게 내밀었다.

"오!"

자신의 제자가 내민 과자를 좋다고 퍼먹는 위연호를 보고 울컥한 공무진이 애꿎은 땅을 걷어찼다.

강호뿐 아니라 그의 제자의 미래도 먹구름으로 뒤덮이고 있었다.

*　　*　　*

"이쪽이 맞나?"

"그렇다니까."

"확실하겠지?"

"나 장일일세! 나 호구 장일이야! 내 말을 못 믿는 건가?"

"사실 이제껏 자네 말을 들었다가 잘된 게 뭐가 있는가?"

"……."

입이 열 개라도 할 말이 없는 장일이 붕어처럼 입을 뻐끔거리다가 역정을 냈다.

"이이잇! 이번에는 확실하네! 이쪽일세!"

"그런데 왜 길가에 개미 새끼 한 마리 보이지 않느냐, 이 말일세."

"그야 민간인들은 몰려온 무인들을 보고 집으로 숨어들었을 것이고, 무인들은 지금 다들 검황의 유진을 따라가고 있어서 그런 것 아닌가."

"으음, 그럼 좀 빨리 몰아보게."

"자네 생각만 하지 말게. 마차 안에 타고 있는 어머님과 진예란 소저는 더 이상 마차가 흔들리면 버티기가 힘들단 말일세."

"그렇군. 그건 생각 못했어."

장일은 초조하게 허벅지를 움켜잡고 있는 위산호를 보며 혀를 찼다.

'뭐가 그리 급한지.'

막말로 위연호의 실력이면 마교가 쳐들어와도 제 한목숨 건사하는 것에는 별 어려움이 없을 것이다.

장일이 아무리 그렇게 설명을 하고 귀낭낭을 통해 확인을 시켜주어도 위산호는 '내 동생이 그런 고수일 리가 없다' 면서 한사코 그들의 말을 믿지 않았다.

'이해가 안 가는 건 아닌데…….'

위연호가 하는 꼴을 보면 그놈이 어떻게 그런 실력을 쌓았는지 장일도 이해할 수 없었으니, 항상 위연호를 지켜봐 오던 위산호가 믿지 못하는 것도 무리는 아니었다.

"으음, 이러다가 그 녀석이 정말 이 일에 휘말리는 건 아닌지 모르겠군."

"아무리 비슷한 방향으로 갔다고는 하나, 이 넓은 중원에서 그리 마주치는 것도 쉬운 일은 아닐세."

"그러니 하는 말이야."

"응?"

"내 동생은 뭔가 불행을 부르는 재주가 있단 말일세."

"……으응?"

"예전부터 그놈이 뭔가 죄를 짓거나 사고를 치면, 어

떻게든 그걸 나나 아버지가 알게 되었지. 처음에야 이놈이 어리숙해서 자꾸 들키는 줄 알았는데, 그게 아니었어."

"잠깐. 나 잘 이해가 안 가는데⋯⋯."

위산호가 한숨을 쉬었다.

"알기 쉽게 말하자면, 그놈은 몸에 자석이라도 달렸는지 주변에서 벌어지는 사건을 모두 끌어당기는 이상한 힘이 있다는 말일세."

그와 동시에 마차 창에서 위정한이 머리를 불쑥 내밀더니, 위산호의 말에 동조했다.

"그건 그렇다. 확실히 그런 면이 있었지."

위정한까지 거들고 나자 장일이 심각한 얼굴로 말했다.

"사람이 그럴 수가 있습니까?"

"내 동생은 그래."

"내 아들은 그렇다네."

그러자 마차 안에서 낭랑한 목소리가 흘러나왔다.

"그럼 빨리 가야죠. 속도를 더 높일 수는 없나요?"

"가능하긴 한데, 괜찮으시겠습니까?"

"네, 괜찮아요."

"그럼 속도를 좀 더 높이겠습니다. 조심하십시오."

장일은 말고삐를 쥐고 말을 재촉하려다가 고개를 갸웃했다.

"어?"

당연히 위연호의 어머니인 한상아와 말을 나눴다고 생각했는데, 목소리가 한상아보다는 좀 더 가늘었다.

'진 소저인가?'

그런데 저 아가씨는 길가에 쓰러져 있을 환자를 보러 간다고 하지 않았던가?

그런 아가씨가 왜 위연호가 위험하다는 것에 반응하는 거지?

"뭐하는가?"

"아, 아닐세."

진산호의 재촉에 장일은 말의 엉덩이를 후려쳤다.

"달려라! 이놈들아!"

***

"그래서 당연히 사건에 휘말렸겠지요?"

"뭐, 그걸 굳이 말로 해야 아는 건가?"

광구신개가 코를 후비며 대답하자 사가는 이제는 놀랍지도 않다는 투로 동조했다.

"……이제 당연하게까지 느끼는 제가 두렵습니다."

"다 그런 거지."

"그럼 엄청난 피바람이 불었겠군요."

"왜?"

"검황의 유진을 노리는 자들과 위연호 공자가 만났으니, 사단이 났을 것 아닙니까? 어떤 식으로든 일이 터지면 터졌겠죠. 왜냐면 검황의 진정한 후예가 바로 광휘무존 위연호 대협이 아닙니까."

"뭐, 그렇기는 한데……."

광구신개가 누런 이를 드러내며 웃었다.

"그게 또 그렇지가 않단 말이야."

"네?"

사가는 영문을 모르겠다는 듯이 웃었다.

"위연호 대협께서 검황의 후예가 아니라는 말씀이십니까?"

"아니, 그 말이 아니고……."

"예."

"사단이 날 것 같은 일이었는데, 또 그놈이 기가 막히게 일을 해결해 버렸다는 거지."

"……그건 또 무슨 말입니까?"

"이게 알고 보면 매우 황당한 일인데, 자네는 이 혈사에 대해 얼마나 알고 있었나?"

"부끄럽지만, 자세히는 알지 못하고 있었습니다."

"그래. 이상하지 않은가? 시작부터 이런 피바람이 불어온 혈사네. 그럼 가면 갈수록 일이 커져야 하는데, 지금 자네는 이 혈사의 존재만을 알고 있지 않은가. 검황의 유진 쟁탈전이라면 길가가 시체로 도배가 되어도 이상하지 않을 텐데 말이야."

"듣고 보니 그렇습니다."

"그게 다 그놈 때문이지."

"……또 사고를 친 겁니까?"

"그게 참 미묘하단 말이지."

사가가 답답하다는 듯이 말했다.

"그러지 마시고 속 시원하게 말씀을 좀 해주십시오."

"으음……."

광구신개가 볼을 긁었다.

"일단 드러난 사실만 두고 보자면 위연호가 이 일을 정말 기묘하게 해결해 버린 것만은 사실일세."

"그럼 잘된 거 아닙니까?"

"그런데 또 그게 그렇지가 않다는 것이 세상사의 재미있는 점이지."

사가가 고개를 갸웃했다.

이게 대체 무슨 말인가?

"뭐, 뜸은 들일 만큼 들였으니, 이제 이야기를 해줌세. 자네 생각대로 검황의 유진은 위연호의 손에 들어갔네."

"결국은 그리되었군요."

"아닌데?"

"예?"

광구신개가 낄낄대며 웃었다.

"그러니까 예상을 하지 말라니까. 그놈은 무슨 짓을 할 지 모르는 놈이니까 말일세. 그놈이 그 비급을 어떻게 했냐 하면 말일세……."

광구신개가 익살맞은 얼굴로 설명을 이어갔다.

42장
게으름뱅이, 해결하다

결국 혈사라는 것은 욕심으로부터 비롯되는 것이지.

검황의 유진을 가지기 위해서 얼마나 많은 사람들이 개 떼처럼 몰려갔겠는가.

어디로 갔냐고?

자네도 참 멍청한 질문을 하는구만. 그 일이 위연호와 관련되지 않았다면 내가 굳이 언급을 하겠는가.

당연히 위연호에게로 몰려갔지.

뭐?

아, 당연히 이유는 없지. 그냥 그쪽으로 몰려갔는데, 거기에 위연호가 있었을 뿐이지. 이제 자네도 알 때도 되지 않았는가.

사고?

그래, 사고라면 사고지.

원래대로라면 그 많은 인원이 위연호와 부딪쳤더라면, 말 그대로 대형 사고가 터지는 게 현실적이지.

그리고 자네도 알고 있지 않은가.

있을 리가 없는 검황의 유진이 나타난 것에는 당연히 음모가 깔려 있을 수밖에 없다는 것을 말이야.

당시에는 나도 위연호가 검황의 후예인 줄 몰랐기에 그
런 생각을 하지 못했지만.

응?

그래, 그렇다네.

암중에서 이 일을 꾸민 이들이 있었지.

문제는 위연호가 이 일에 끼어들면서 벌어졌지.

응? 위연호가 끼어들어서 그들의 음모가 분쇄됐냐고?

그게 그렇지가 않단 말이지.

틀어진 것은 사실인데, 계획이 완전히 박살 났다고 하기
에는 또 애매하다니까. 내가 그래서 이 사건은 평하기가 미
묘하다고 하지 않았던가.

속 시원히 말해 보라고?

허흐흠, 아까부터 계속 말을 했더니 목이 컬컬한데, 어디
시원한 술이라도 한잔하고 나면 말이 나올 것 같은데 말이
야.

요 앞에 가면 좋은 주루가 있는데…… 자네, 그리 바쁘
지 않으면 한 번 다녀오지.

"상황은 어떻게 되었는가?"

그의 목소리는 무척이나 낮았다. 거기에 기묘한 울림이 더해져 있었다. 그렇기에 그의 목소리를 듣는 이들은 하나같이 그의 말에 집중하게 되었다.

"비급은 발굴되었습니다. 지금 수많은 무인들이 서로 쟁탈전을 벌이고 있습니다."

"소문은 충분히 냈겠지?"

"이미 무당과 소림마저 움직였습니다. 정무맹이 사태를 통제하려 하고 있기는 하지만, 역부족일 겁니다. 검황의 유진이라는 것은 그만큼이나 달콤할 테니까요."

"그렇겠지."

하나 사내의 목소리는 마냥 기뻐 보이지 않았다.

"그분의 유진을 찾기 위해서 우리도 이백 년이 넘는 시간을 헤맸으니까. 차라리 조금이라도 빠르게 유진을 포기하고 그분의 경지에 다다르려 노력했다면 이러한 긴 치욕은 없었을지도 모른다."

"그렇습니다."

사내는 가만히 말을 끊고 뭔가 생각하는 듯하더니, 천천히 입을 열었다.

"대계는 이미 시작되었다. 너는 이 일에 차질이 없도록 노력하여야 할 것이다. 쟁탈전에 뛰어든 무인 중에 가장 강한 이에게 비급이 넘어갈 수 있도록 해야 한다."

"명심하겠습니다."

사내가 천천히 고개를 끄덕였다.

"그놈들은 뭘 하고 있다더냐?"

"둘째, 셋째 도련님 말씀이십니까?"

"그래."

"둘째 도련님은 의가를 포기하고 지금은 잠시 휴식 중인 것으로 알고 있습니다."

"포기?"

"가성비가 맞지 않다는 말씀만 하셨습니다."

"그놈은 너무 효율을 추구하는 경향이 있지. 하지만 그만큼 이득이 될 만한 일은 잘 찾아내는 놈이니 괜찮을 것이다. 셋째는?"

"셋째 도련님은 현재 여전히 황궁의 일에 집중하고 계십니다. 본가에서 셋째 도련님을 한 번 불러들일 것이라 하셨습니다."

"으음……."

사내가 침음을 흘리자 앞에서 부복하고 있던 자가 조심스레 물었다.

"셋째 도련님께서 본가에 드시는 것이 마음에 들지 않으십니까?"

사내의 굵은 눈썹이 꿈틀했다.

"자네는 내가 그런 소인배로 보이는가?"

"천부당만부당하신 말씀이십니다. 속하가 미치지 않고서야 감히 그런 생각을 할 수 있겠습니까."

사내가 빙그레 웃고는 말했다.

"녀석이 서자라고는 하나 나는 한 번도 녀석의 출신을 문제 삼아본 적이 없네. 능력이 있다면 그 출신이 무엇이든 중용되어야 하는 것이지."

"그렇습니다."

"강자존. 그것이 우리 가문에 전해 내려오는 율법이자 모든 것일세. 출신이나 성분 따위는 아무 의미가 없어. 중요한 것은 그 녀석이 나보다 강한가, 그렇지 않은가 뿐일세. 그리고 그 율법은 오로지 나를 위한 것이겠지."

사내의 말에 수하는 천천히 고개를 끄덕였다.

"물러가 보라."

"저……."

"으음?"

사내가 의문에 찬 눈으로 부복해 있는 수하를 바라보았다. 보통 그는 이런 식으로 말을 더하는 인물이 아니었다.

"무슨 일인가?"

"보고를 해야 할지, 말아야 할지 무척이나 고민이 되는 일이기는 하지만…… 말씀을 드리는 것이 나을 것 같습니다."

"말해보게."

"둘째 공자님과 셋째 공자님이 벌인 일을 훼방 놓았다고 보고된 자의 정보가 일치합니다."

"음?"

사내의 눈썹이 꿈틀했다.

"일치한다고?"

"예, 그렇습니다."

"보고하게."

"네. 그자의 이름은 위연호. 광동위가 위정한의 둘째 아들입니다. 오 년 전에 실종이 되었다가 최근에 다시 모습을 드러냈는데, 모습을 드러내자마자 한림대장원으로 이동하여 셋째 공자님의 대업을 가로막고 바로 성수장으로 이동하여 둘째 공자님이 손을 떼게 만들었습니다. 지난바 무위는 최소한 절정 이상입니다. 그리고……."

"그리고?"

"으음, 어떻게 받아들여야 할지는 모르겠지만……."

그가 이걸 굳이 말해야 하는가, 말아야 하는가를 고민하는 듯하다가 힘겹게 입을 열었다.

"처, 천하의 게으름뱅이라고 합니다."

"……."

사내의 얼굴이 미묘하게 일그러졌다.

"그러니까……."

사내가 뭔가 머뭇머뭇하다가 말을 이었다.

"그 천하의 게으름뱅이라는 작자 때문에 두 녀석이 준비하고 있던 일들이 모두 수포로 돌아갔다는 말인가?"

"송구하오나…… 틀림없는 사실입니다."

"으으음."

사내는 참으로 오랜만에 어떤 지시를 내려야 할지 고민을 해야 했다. 무공을 제외한 그의 가장 큰 장점은 고민하지 않는 빠른 결단력이라고 자부하고 있었건만, 이 일은 그가 생각하는 상식의 범주에서 벗어나 있었다.

"그자가 우리의 계획을 알아내 일부러 훼방을 놓고 다녔을 가능성은?"

"전무합니다."

"확실한가?"

"예. 한림대장원에서 성수장으로 이동한 것도 한림대학사 문유환이 추천장을 써줬기 때문이라 합니다. 가능성이 있다면 문유환이 우리 측의 정보를 파악하고 있는 경우뿐입니다. 하지만 그런 징후는 발견되지 않았습니다."

"괴이하군. 그렇다면 두 녀석이 모두 그자와 얽혀서 실패를 맛보았다는 말인가? 한 번은 몰라도 두 번이라니. 한 번만 더 얽히면 이 일을 방해하기 위해서 하늘이 내린 자라고 해도 웃고 넘길 수 없을 정도가 아닌가."

"그래서 드리는 말씀입니다만……."

"또 뭔가?"

"현재 비급의 행방이 그자의 종적을 뒤쫓고 있습니다."

"으응?"

"……비급의 이동 경로가 정확히 그자의 뒤를 쫓고 있습니다. 이러다가는 하루 내로 조우하게 될 것 같습니다."

"진짜인가?"

"어느 안전이라고 거짓을 아뢰겠습니까?"

사내가 솥뚜껑 같은 손을 들어서 얼굴을 문질렀다. 그냥 농담 삼아 해본 말인데, 상황이 이리 돌아가자 뭔가 불길한 느낌이 들기 시작했다.

"기이하군, 매우 기이해."

사내가 턱수염을 쓸어내렸다.

"모든 거사에는 반드시 문제가 생기기 마련이야. 하지만 이런 식으로 확연하게 눈에 보이는 문제는 흔치 않단 말이지."

"우연이라고는 생각하지만……."

"모사재인이나 성사는 대천인 법이지. 그 우연이라는 것이 가장 무서운 법일세. 광동위가의 둘째라고 했나?"

"예."

"정협검 위정한은 무서운 사람이지. 괜히 풀을 들쑤셨다가 독이 오른 독사를 맞이하고 싶지는 않단 말이지. 지금처럼 은밀히 일을 꾸밀 때는 하오문과 개방, 그리고 위정한은 피하고 싶은 것이 내 솔직한 심정일세. 일단은 그냥 두고 보세."

"……예, 알겠습니다."

"위연호라고 했지?"

사내는 묵직한 침음을 흘렸다.

'녀석들의 행사를 방해했다는 건가?'

그의 동생들은 동년배에 적수가 없을 만큼이나 강했다. 그가 몇 년 일찍 태어나지 못했다면 승부를 장담할 수 없을 만큼이나 강했다.

그런데도 실패를 맛봐야 했다는 것은 위연호의 무위와 심계가 후기지수의 수준을 아득하게 넘어섰기 때문일 것이다.

'요주의로군.'

사내는 머릿속에 위연호라는 이름을 단단히 박아 넣었다.

"때로는 굳이 해결책을 찾는 것보다 기다리는 것이 나을 때도 있는 법이지. 어디 한 번 지켜보세. 자네의 말대로라면 그가 곧 비급과 조우하게 될 것인데, 비급에 혈안이 된 자들 사이에서 과연 그 목숨을 부지할 수 있을지 말일세."

"알겠습니다."

사내는 가만히 턱을 쓰다듬고는 의자에 몸을 기댔다.

"아버님은?"

"최근에는 정원을 자주 나가십니다. 꽃이 피고 봄이 오는 것을 보니 마음이 편해진다고 하시더군요."

"새로운 심득이라도 얻으신 겐가?"

사내가 몸을 부르르 떨었다. 그의 아버지는 대체 어디까지 강해질 셈인가.

"사소한 실패는 신경 쓰지 마라. 중요한 것은 중심을 잃지 않는 것이다. 아버님이 존재하고, 우리의 검이 존재하는 한, 우리에게 실패는 없다."

"예, 소주!"

사내의 눈이 차갑게 가라앉았다.

'위연호, 위연호……'

호기로운 말과는 다르게 그의 가슴은 이상할 정도로 답답해져 오고 있었다.

　　　　*　　*　　*

"밥 안 먹어요?"

"……."

공무진의 얼굴이 붉게 달아올랐다.

"머, 먹고 자고! 또 먹고 자고! 또또또또 먹고 자고!"

공무진의 입에서 괴성이 뿜어져 나온다.

"자네는 하루 종일 먹고 자는 것 말고는 하는 게 없는 건가!"

준엄한 꾸짖음이었다.

다른 이가 이런 말을 들었다면 부끄러움에 자세를 바로하고 그렇지 않다고 항변을 했을 것이다. 하지만 안타깝게도 위연호는 보통의 이들과는 달랐다.

그게 공무진의 불행이었다.

"공 대협은 안 먹고, 안 주무세요?"

"……으응? 머, 먹지. 자고."

"공 대협도 하고, 저도 하는 건데, 왜 저한테만 자꾸 뭐라고 하시는 건지 모르겠네요."

"나는 그것만 하지는 않으니까 이러는 것 아닌가! 세상 천지에 자네보다 팔자 좋은 사람이 어디에 있는가!"

"팔자가 좋으면 좋은 것 아닌가요? 팔자 나쁜 것보다는 훨씬 나은 것 같은데."

"으으으으!"

말이나 못하면 밉지나 않지!

몸은 게을러빠진 주제에 조동아리는 왜 저리도 매끈매끈하단 말인가.

게다가 공무진의 속을 뒤집어놓는 일은 또 있었다.

이설화가 주섬주섬 짐을 풀더니, 그 안에 든 육포를 위연호의 옆에 슬그머니 밀어 놓는다.

저 반들반들한 기름기를 보니, 아까 그가 먹은 육포와는 그 가격부터 다른, 고급 육포인 것이 틀림없었다.

'설화야!'

공무진은 찔끔 배어 나오는 눈물을 억지로 삼켰다. 이젠이도 성치 않은 스승에게는 돌보다 딱딱한 육포를 주더니, 위연호에게는 누가 봐도 야들야들해 보이는 고급 육포를 주고 있었다.

'왜 저놈이냐! 왜!'

위연호를 만나기 전까지는 그래도 여자아이답지 않게 성격이 드센 면도 있었는데, 요즘 하는 모양새를 보다 보면 얼마나 다소곳한지 절로 마음이 흐뭇…… 아, 이게 아니고.

입술을 질끈 깨문 공무진이 서문다연에게 외쳤다.

"객잔은 멀었는가!"

"이제 곧 도착합니다."

"어, 그런데……."

그때, 위연호가 조금은 삐딱한 얼굴로 입을 열었다.

"낙양까지는 대체 얼마나 남은 거예요?"

서문다연이 위연호의 말에 대답했다.

"아마도 이제 한 삼 일이면 도착할 거예요."

"……엄청 오래 걸리네요."

서문다연의 얼굴이 꿈틀했다.

마차를 타지 않고 경공을 전개해 갔으면 벌써 도착했을 것이다. 애초에 이리 늦게 낙양으로 가고 있는 이유가 누구 때문인데 저런 말을 한단 말인가.

'속 끓어서 못 살겠네!'

무공이라도 약하면 그냥 한번 확 뒤집어엎어 보겠는데, 귀도쌍마를 때려잡은 것을 눈으로 본 터라 차마 덤빌 수도 없었다.

게다가…….

'……좀 멋있었어.'

서문다연의 얼굴이 확 달아올랐다.

절세미남이라는 말이 무색한 위산호에 비할 바는 아니지만, 위연호도 나름 원판이 나쁘지는 않은 편이었다. 흐리멍덩한 표정과 평소의 생활이 가져오는 선입견 때문에 평소에는 그 사실이 티가 나지 않는 것뿐이다.

그런데 이번에 나름 진지한 모습을 봤더니, 그동안 느끼지 못했던 사실이 확 들어왔다.

"곧 도착할 거예요. 마차 속도를 높이면 많이 불편하실 건데, 괜찮으시겠어요?"

"불편해요?"

"덜컹거림이 좀."

위수련이 깔깔 웃으며 대신 대답했다.

"우리 오라비는 등 닿을 곳만 있으면 어디서든 편히 자는 사람이에요. 그런 건 생각 안 하셔도 돼요."

"그, 그래?"

그럼 속도를 좀 올려볼까 하던 서문다연이 마차 안에서 들려오는 신음 소리에 입을 닫았다.

'아, 저 사람이 있었지.'

마차 안에서 쥐 죽은 듯이 처박혀 있는 사람이다 보니 존재감이 워낙 희박했다.

"아무래도 어렵겠어요. 부상자가 있다 보니."

위연호가 얼굴을 찡그리며 아래쪽을 힐끔 보더니 한숨을 푹 쉬었다. 지은 죄가 있다 보니 타박을 할 수도 없었다.

"끄응, 어쩔 수 없죠."

위연호가 고개를 젓고는 벌렁 드러누웠다.

공무진이 그 광경을 보며 혀를 찼다.

"자네는 수련도 안 하는가? 지금까지 동행하면서 수련하는 걸 단 한 번도 본 적이 없는 것 같은데? 하루에 열 시진이나 누워 자면서 수련을 빼먹다 보면 가지고 있는 것도 다 날려먹고 말 것이네."

"……수련이요? 수련아, 너 부르신다."

"네?"

"그 수련 말고!"

위연호는 하품을 하고 고개를 돌려 버렸다.

'정말 안 하고 싶다.'

남들이 보기에는 하루 종일 노는 것처럼 보이는 것도 당연했다.

하나 위연호는 굳이 변명하고 싶지 않았다. 변명을 하기 위해서 몽련공에 대해서 설명을 하는 것도 무척이나 귀찮은 일이었기 때문이다.

하루 열 시진을 자면 하루에 열 시간을 수련하는 것이나 마찬가지라는 것을 납득시키려 하다가는 '저 천하의 게으름뱅이가 이제 하다 하다 별 시답잖은 거짓말을 하는구나'라는 말을 들어야 할 것이다.

"재주도 좋아, 진짜."

대체 어디서 이런 괴상망측한 무공을 창안해 익히게 했단 말인가. 생각하면 생각할수록 그의 사부는 불가해한 인물이었다.

"저기 객잔이 보이네요."

위연호는 고개를 빼꼼 들어서 앞을 바라보았다. 저 멀리

커다란 목조건물이 보였다.

"이제 밥 같은 밥 좀 먹겠네."

"오빠, 식탐이 좀 늘어난 것 같다? 예전에 밥은 안 가렸 잖아."

"내가 어리석었지."

위연호는 아련하게 말했다.

"엄마가 해준 밥이 그리 맛있는 것일 줄이야. 오 년을 이끼나 뜯어 먹고 살다 보니 알게 되었지."

"에이, 사람이 어떻게 오 년 동안 그것만 먹고 살아."

"……그거라도 먹었으면 다행이지."

위연호는 지옥 같던 동굴 생활을 떠올리며 몸을 부들부 들 떨었다.

"그리고 엄마는 밥 못해. 그거 다 식모 아주머니들이 해 주신 거야."

"그, 그래?"

"엄마가 한 밥 먹으면 이끼가 그리워질 걸?"

"……"

어머니.

왜 요리를 못하십니까.

"어쨌든 이제 객잔 들어가면 맛있는 밥 먹고 푹 자면 되 겠네. 마차로 여행하는 것도 은근히 피로가 쌓이는 것 같 아. 가만히 앉아 있기만 하면 된다고 생각했는데, 그게 아닌가 봐."

위연호는 고개를 끄덕이고는 객잔을 바라보았다.

* * *

"후욱! 후욱! 후욱!"

숨이 턱 끝까지 차오른다.

이미 진기는 모두 바닥났는지 한 발을 뻗을 때마다 단전
이 바늘로 찌르는 듯이 따끔따끔했다.

하지만 멈출 수는 없었다. 발을 멈추는 순간, 그의 뒤를
쫓는 악귀 같은 이들이 그를 천참만륙 내고 말 것이다.

'따돌리기만 하면 돼.'

아무리 힘들고 괴로워도 따라오는 이들만 따돌려 내면
그때부터는 새로운 세상이 펼쳐질 것이다. 그의 품 안에서
묵직하게 느껴지는 서책의 존재감이 곽순(郭淳)을 지탱해
주고 있었다.

"우우욱."

목구멍에서 아까부터 핏물이 솟구쳐 오르고 있었다. 곽
순은 억지로 밀려 올라오는 핏덩이를 삼키고는 앞으로 달리
고 또 달렸다.

등 쪽으로 길게 베인 상처에서 불에 타는 듯한 통증이 느
껴지고 있지만, 엄살을 부릴 틈이 없었다.

'어쩌다 이렇게까지 되어버린 걸까?'

그는 그저 비급이라는 것에 욕심이 생겼을 뿐이다.

검황의 유진이라면 어떤 무인이라도 욕심을 부리지 않을 수 없는 보물 중의 보물이 아닌가.

'설마 얻을 줄이야.'

노리고 오기는 했지만 반쯤은 요행을 바랐을 뿐, 정말 그의 손에 검황의 비급이 떨어질 것이라고는 생각하지 못했다.

인간이라는 것은 닿지 않아도 바라보아야 할 때가 있는 법이고, 곽순은 그저 바라보았을 뿐이다.

하지만 요행히. 정말 요행히도 그의 손에 검황의 비급이 떨어졌다.

그의 앞에서 비급 탈취전을 벌이던 두 사람이 서로 맞찔러 죽음을 맞이했고, 바닥에 떨어진 비급을 잽싸게 낚아챈 것까지는 행운이었다.

하지만 그 후로부터는 지옥이 시작되었다.

그가 감히 마주할 수도 없던 이들이 혈안이 되어 그의 뒤를 쫓기 시작했다.

단 한시도 쉴 수 없었다. 그저 진기가 다할 때까지 도망치고 또 도망치는 것이 그가 할 수 있는 모든 것이었다.

"……안 돼."

진기가 메말라 갈 때마다 충동이 느껴진다. 이 비급을 멀리 던져 버리기만 해도 그는 살 수 있을 것이다. 아무도 그를 노리지 않는다. 노리는 것은 그의 품 안에 있는 비급일 뿐이다.

"으……."

곽순이 벌벌 떨리는 손을 품 안에 넣어 비급을 꺼냈다.

검황지보(劍皇之寶).

용사비등(龍蛇飛騰)한 필체로 쓰여져 있는 제목만으로도 이 안에 얼마나 대단한 내용이 들어 있을지를 미루어 짐작할 수 있었다.

그를 천하제일인으로 만들어줄 방법이 바로 이 비급 안에 있었다.

그런데 이걸 포기하라고?

단순히 목숨을 이어 나가기 위해?

"……나는 못해!"

곽순이 씹어뱉을 듯이 웅얼거렸다.

"죽여……. 죽인다! 후욱! 죽여!"

쫓아오는 이들을 모두 따돌리고 심산유곡으로 숨어들 수만 있다면…….

단 오 년이면 된다. 그 시간이면 이 안에 있는 내용들을 해석하고 그는 검황의 후예가 되어 다시 세상에 나설 수 있을 것이다.

그럼 지금 쫓아오고 있는 이들은 감히 자신의 앞에서 눈도 제대로 뜰 수 없을 것이다.

언제까지 이류로 살 수는 없다.

강호에서 굴러먹은 지도 벌써 스무 해가 넘었다. 그동안 힘 있는 자들에게 얼마나 많은 설움을 겪어야 했던가. 그런데 이제 와서 그 삶으로 다시 돌아가라고?

못한다!

절대로!

곽순은 이를 꽉 깨물며 앞으로 달리고 또 달렸다.

하지만 그의 의지와는 다르게 그의 육체는 점차 느려지고 있었다. 진기가 모두 빠져나간 육체는 바람 빠진 풍선처럼 흐느적거린다. 손이 덜덜 떨려 잡고 있는 비급을 놓칠 것만 같았다.

"우우웁."

입에서는 핏물이 쉬지 않고 흘러나오고 있었다. 선홍빛이 아니라 검게 죽은 피가 나오는 것을 보아 이미 내상이 심각한 수준에 이르렀다.

눈앞이 흐릿하고 머리가 어질어질하다.

'히, 힘을 내야……'

곽순은 자신의 증상이 무엇인지 알고 있었다.

진기 고갈과 주화입마로 인하여 육체가 급속도로 그 생

기를 잃고 있었다. 이대로 조금만 더 가면 굳이 누군가 칼을 놓아주지 않아도 홀로 객사할 수밖에 없을 것이다.

하지만 그렇다고 멈출 수도 없었다.

'조금만…….'

조금만 더 가면 민가가 나온다. 그렇다면 수많은 사람들의 흔적 속에 몸을 잠시 맡겼다가 빠져나오는 방법으로 추격을 벌릴 수 있을 것이다.

그의 족적을 따라오는 이들에게 혼란을 줄 수 있을 테니까.

거기까지만 가면 된다!

거기까지만!

더는 신음도 나오지 않았다.

곽순은 풀려 버린 눈으로 앞으로, 앞으로 발을 내디뎠다.

그렇게 얼마나 더 달렸을까.

곽순의 눈에 커다랗고 하얀 마차가 들어왔다.

'적!'

눈에 보이는 모든 이는 그의 적이었다.

설령 그의 적이 아니더라도 그가 검황의 비급을 가지고 있다는 것을 아는 순간 적, 혹은 강도로 돌변할 것이다.

그렇다면 망설일 것이 없다.

곽순은 떨리는 손으로 힘겹게 허리에 이고 있던 도를 뽑아냈다.

얼마나 몸에 힘이 없는지 도를 잡은 손목이 자꾸 아래로 떨어진다.

후들거리는 다리.

자꾸만 밀려 올라오는 핏물.

곽순은 허탈하게 웃었다.

'이제 끝인가?'

호기롭게 도를 뽑아내기는 했지만, 냉정하게 봐서 그의 몸은 단 일도(一刀) 이상을 펼칠 수 없었다.

'오냐.'

곽순이 이를 꽉 깨물었다.

이리된 이상 그는 결국 비급의 주인이 되지 못할 것이다. 하지만 그의 품 안에 들어온 보물을 순순히 넘겨줄 생각은 없었다.

곽순은 자꾸만 흐려지는 눈을 꿈뻑이며 눈앞에 보이는 자를 바라보았다.

"……."

마차 앞에 있던 젊은 놈이 그를 내버려 두고 객잔 안으로 걸어 들어가고 있었다.

어? 이게 아닌데?

"크으으……."

뭔가 제대로 된 말은 나오지 않았다. 하지만 신음이라도 낸 것이 다행인 모양이다. 객잔 안으로 터덜터덜 걸어 들어

가던 젊은 놈이 고개를 돌려 그를 바라보았다.

"……어디 아프세요?"

순간, 곽순은 귀를 후빌 뻔했다.

손이 제 마음대로 움직였다면 틀림없이 도를 바닥에 내리꽂고는 귀를 팠을 것이다.

환청이 들리기 시작했으니까.

환청이 분명했다.

피를 한 바가지도 아니고, 한 대야를 흘려서 백의를 적의로 만들어놓고 전신이 상처투성이인 그를 향해서 어디가 아프냐고 물을 정신 나간 놈이 세상에 존재할 리가 없으니까.

그런 놈이 있다면 세상에서 가장 멍청한 놈이거나, 아니면 이제 막 잠에서 깨어서 상황이 파악되지 않는 놈일 것이다.

"모, 못 준다……."

안타깝게도 지금의 곽순은 그러한 것을 계속 생각하고 있을 만큼의 여력이 없었다. 그에게 남아 있는 것은 비급을 지켜야 한다는 생각과 오기뿐이었다.

"……못 줘."

젊은 놈이 고개를 갸웃하더니, 곽순의 얼굴을 보며 말했다.

"아저씨, 아프시면 여기서 이러시지 말고 의원을 찾아가세요. 제가 용한 의원을 아는데, 소개시켜 드릴까요? 여기서 좀 멀고 애가 좀 어려서 그렇지, 엄청 잘 봐요.”

“…….”

몸에 힘이 탁 풀린다.

곽순의 몸이 서서히 앞으로 쓰러지기 시작했다.

“못…….”

그 순간, 손이 앞으로 뻗어지더니, 곽순의 가슴팍을 잡아 그를 부축했다.

그러고는 곽순의 귓가에 낮은 목소리가 들려왔다.

“아무도 뺏어가지 않아요. 그러니 편히 잠드세요.”

귓가에 들려오는 부드러운 목소리를 들으며 곽순은 천천히 입을 말아 올려 미소를 지었다.

아무도 뺏어가지 않는다.

아무도.

그 말 한마디에 곽순은 편히 눈을 감을 수 있었다.

위연호는 숨을 거둔 곽순을 가만히 바라보다가 고개를 절레절레 저었다.

“……욕심을 조금 버리면 다들 편히 살 수 있을 건데.”

― 그게 안 되니까 인간이다, 이놈아!

“에이, 저도 알아요.”

귓가로 들려오는 것 같은 스승의 목소리에 위연호는 역
정을 내고 말았다.

"에, 그러니까……."

위연호는 곽순이 마지막 순간까지도 손에 꽉 쥐고 놓지
않은 서책을 보며 미묘한 얼굴이 되었다.

'검황지보라…….'

위연호는 하늘을 보며 감탄한 어조로 말을 했다.

"착하게 살면 하늘에서 상을 내린다더니, 그동안의 고생
을 이런 식으로 보상해 주실 줄은 몰랐네요."

하지만 이왕이면 이런 거 말고 좀 실질적으로 도움이 되
는 걸 줬으면 하는 소망은 있었다.

돈이라든가, 아니면 돈이라든가, 그것도 아니면 돈이라
든가.

검황지보가 아무리 대단한 물건이라고 하더라도 위연호
에게는 계륵이나 다름없었다. 익히려고 하니 그럴 의욕이
없고, 그렇다고 버리자고 하니 뭔가 좀 아까운 느낌이 든
다.

"흐으음."

곽순의 손에서 검황지보를 빼낸 위연호가 허리춤에 검황
지보를 찔러 넣고는 곽순은 들쳐 멨다.

"오빠, 뭐…… 으응?"

위연호가 들어오지 않자 데리러 나왔던 위수련은 누가

봐도 시체를 들쳐 업고 있는 위연호를 보고는 눈가를 푸르르 떨었다.

"주, 죽였어?"

"응?"

지금 뭔가 발언이 조금 이상한 것 같은데?

"보통 그럴 때는 '죽였어'가 아니라 '죽었어'로 물어봐야 하는 게 아니겠니, 친애하는 동생아?"

"……그래서 죽였어?"

"안 죽였다고! 지가 죽었다고!"

"멀쩡하던 사람이 갑자기 왜 죽어!"

"아니라니까! 지가 갑자기 피 토하면서 막 오더니, 풀썩 쓰러져서 죽었다는 말이야!"

위수련이 영 의심스럽다는 눈으로 위연호를 바라보았다. 예전이었다면 위연호가 누군가를 죽일 수도 있다는 생각은 절대 하지 못했겠지만, 이미 하루 전에 위연호가 귀도쌍마를 베어 죽인 모습을 지켜본 위수련이 아니던가.

"그래서…… 그 사람은 왜 죽었는데?"

"그걸 왜 나한테 물어보냐고!"

위연호가 소리를 지르자 안에 있던 이들이 우르르 밖으로 나왔다.

위연호가 들쳐 업고 있는 시체를 본 이들이 하나같이 인상을 찡그리고는 입을 열었다.

"죽였네?"

"그새 또 하나 죽인 건가?"

"살귀가 등장했구나!"

위연호는 울분과 분노를 담아 소리쳤다.

"아니라고오오오오오!"

"잠시만…… 자네, 지금 뭐라고 했나?"

위연호에게 사정을 전해 들은 공무진의 얼굴이 더없이 심각하게 굳어버렸다.

"이 아저씨가 비급을 가지고 도망치다가 여기서 죽은 것 같다니까요."

"비, 비급이라고? 설마 그 비급이라는 것이 검황의 유진은 아니겠지?"

'아니겠지'라고 묻고 있으면서도 공무진은 반쯤 확신한 상황이었다. 당장 이 근처에서 비급 때문에 사람이 죽을 만한 일은 그것 하나밖에 없지 않은가.

상황과 정황을 따져 보았을 때, 결론은 빤했다. 이 사람은 아마 검황의 유진을 마지막으로 소유한 자였을 것이다. 그리고 필사적인 도주를 하던 끝에 부상을 이기지 못하고 여기서 숨을 거둔 것이겠지.

거기까지는 좋단 말이다, 거기까지는.

그런데…….

"아니! 왜 하필 여기 와서 뒈지냔 말이다! 이 넓은 중원 천지에! 뒈질 곳이 얼마나 많은데, 여기서 뒈지냐고!"

"우와⋯⋯."

위연호가 못 볼 것을 보았다는 얼굴로 공무진을 바라보며 말했다.

"죽은 사람한테 악담 쩌네요."

"악담?"

공무진은 울화가 터져 돌아가시기 일보 직전이었다.

"이런 일에 휘말리는 것이 얼마나 끔찍한 일인지 알고 하는 말인가? 이미 지금 상황만으로도 우리는 비급을 소유했다고 의심을 받을 걸세! 아무리 변명을 한다고 해도 믿어주지 않는단 말이야! 설화야! 당장 준비하거라! 화산으로! 화산으로 가야 한다!"

다급한 공무진과는 다르게 위연호는 매우 태연했다.

"의심을 받기는 왜 의심을 받아요?"

"당연히 의심을 받지! 비급을 소유하고 있던 자가 죽었는데, 마지막으로 만난 사람이 우리가 아닌가! 우리! 그러니 당연히 우리에게 비급이 있다고 의심할 것 아닌가!"

"맞는데요?"

"⋯⋯뭐?"

"가지고 있다구요, 그 비급."

"어디에?"

공무진의 눈이 위연호에게로 향했다.

잠시만.

아까부터 저 허리춤에 대충 찔러 넣어져 있던 책자가 혹시?

"그, 그건가? 그거? 설마 그건가?"

"아까부터 말더듬이가 되신 것 같네요. 저 아저씨가 가지고 있던 책자라면 이게 맞아요. 뭐라더라? 검황지보? 뭐, 그렇게 쓰여 있던 것 같은데……."

공무진의 입이 쩌억 벌어졌다.

검황지보라니.

이렇게나 노골적인 이름의 비급을 보고도 대충 저렇게 동네 서점에서 구입한 잡서 다루듯이 허리춤에다가 대충 찔러 넣어두고 있었단 말인가?

"그, 그걸 왜 자네가?"

"아까부터 자꾸 이상한 말씀을 하시네요. 당연히 이 아저씨가 가지고 있던 거니까 제가 가지고 있는 거죠."

"그 말이 아니지 않은가!"

"제가 생각하는 어른들의 가장 나쁜 버릇 중의 하나는 '나는 이 정도로 대충 이야기할 테니, 니가 알아서 잘 이해하거라' 하고 말하는 거라고 생각해요. 그냥 속 편하게 다 이야기를 해주시면 저도 이해하기가 좋고, 공 대협도 답답할 일이 없으니 서로 참 좋을 것 같거든요."

"……미안하네."

공무진은 그냥 허허, 웃어버렸다.

이놈이 무슨 일을 벌이든 그냥 그러려니 하면 되는 것인데, 또 상식적으로 생각을 해보려다 보니 이런 꼴을 당하는 것이다.

"그러니까, 그게 검황의 유진이라는 거로군."

"그러네요."

"어찌할 텐가? 이제 곧 그것을 쫓는 이들이 개떼처럼 몰려올 텐데."

"음……."

위연호가 볼을 긁었다.

"일단 어떤 식으로든 간에 제 손에 들어온 것이니까, 제 것이라고 할 수 있지 않은가요?"

"지금 그 검황지보의 주인이 자네라는 것을 부정할 사람은 많지 않을 걸세. 문제는 자네의 지속적 소유권을 인정할 사람은 단 한 사람도 없을 거라는 거지."

"그럼 어떻게 한다는 건데요?"

"죽이고 빼앗겠지."

"헐, 대명 천지에 그런 일을 벌이는 이들이 있다니, 말세가 따로 없네요."

"……자네는 강호인이지 않은가?"

"강호인은 뭐 법도 없이 사나요."

"당장 하루 전에 사람 둘 죽여놓고 그런 말이 입에서 나오는가?"

"어, 그러네?"

위연호가 고개를 갸웃했다.

'나는 되는 거 아닌가?'

따지고 보면 그에게는 이왕야가 부여한 어사로서의 권리가 있으니 양민을 학살한 그 두 노괴 정도야 즉참할 수 있는 판결권이 있었다.

하지만 그 사실을 대놓고 말하고 다니는 것 역시 좋은 일은 아니기에 입을 꾹 닫는 위연호였다.

"그래서 이제 곧 다들 몰려온다는 말이네요."

"그렇다네. 내 생각에는 그냥 그 비급을 던져 줘버리는 것이 가장 좋은 방법 같네. 직접 비급에 달려들지 못하는 승냥이들이야 자네에게서 그래도 뭔가 얻어내려 할 수는 있겠지만, 그 정도야 내가 처리해 줄 수 있네."

"그렇군요."

위연호가 잘 알았다는 듯이 고개를 끄덕였다.

하지만 위연호가 고분고분 뭔가 말을 듣는다 싶어 보이자 공무진은 덜컥 가슴이 내려앉는 것을 느꼈다.

"무, 무슨 사고를 치려고?"

"네? 무슨 말씀이신지?"

공무진이 불안한 눈으로 위연호를 바라보았다. 저 눈은

분명히 뭔가 사고를 치려는 얼굴이다.

다행인지 불행인지, 공무진은 위연호의 생각이 어떠한지 더 알려들지 않아도 되었다.

스슷.

조용한 파공음과 함께 장내에 두세 명의 인원들이 동시에 날아들었다.

그들의 시선이 위연호의 옆구리에 끼워져 있는 곽순에게로 향했다.

"비전쾌수(飛電快手) 곽순. 결국에는 숨이 끊어졌구나."

"자격이 없는 자가 보물을 탐한 대가지."

그 말에 공무진의 눈동자가 흔들렸다.

"이자가 비전쾌수 곽순이었구나."

그 수많은 이들 중에 비급을 탈취하여 단독으로 도주까지 할 정도라면 보통 인물은 아닐 거라고 생각했지만, 청해에서 신법의 일절이라 불리는 비전쾌수 곽순일 줄이야.

'하기야 곽순쯤 되니 그 많은 인물들을 따돌렸겠지.'

세 인물은 서로 시선을 교환했다.

그들은 이미 곽순의 죽음과 위연호의 허리춤에 꽂혀 있는 비급의 존재를 확인한 뒤였다.

"꼬마야, 순순히 그 비급을 이리로 넘겨라. 그렇다면 네가 다치는 일은 없을 것이다."

"이걸요?"

위연호가 허리춤에 차고 있던 비급을 꺼내 앞에서 흔들었다.

"그래. 그걸 주면 된단다."

"어, 음……."

위연호가 머리를 벅벅 긁더니 고개를 저었다.

"이건 제 건데 제가 왜 드려야 하죠?"

"너와 말장난을 하고 싶은 생각은 없다. 내놓든지, 아니면 여기서 죽든지 택일하거라."

물론 위연호의 선택은 빨랐다.

"둘 다 싫은데요."

"이 어……."

"아아, 어린놈이란 소리는 그만하셨으면 좋겠어요. 좀많이 들었거든요."

"……."

"물론 나이를 먹었다는 것은 그만한 경륜과 연륜이 있다는 것이니 자부심을 가져도 충분한 일이기는 하지만, 그런식으로 자꾸 어린 사람을 무시하시면 정말 경륜과 연륜을 가지고 계신 건지 의심이 되거든요. 그래서 사람이란 말을 조심해야 한다고 스승님이 항상 말씀하셨죠."

본인은 전혀 조심하지 않았지만.

"이놈이 감히!"

위연호가 가만히 세 사람을 바라보다가 입을 열었다.

"보물은 좋은 거죠. 그런데 사람이 죽었는데 보물만 탐하는 것은 사람이 할 짓이 아니기도 하죠. 일단 이 사람을 묻어주고 나서 남은 이야기를 했으면 좋겠는데요."

"흥! 웃기는 소리! 그놈이야 분에 넘치는 보물을 노리다가 제 스스로 죽은 것인데, 우리가 왜 그런 놈의 장례까지 치러주어야 한단 말이냐. 헛소리하지 말고 그 비급이나 내놓거라."

위연호가 귀를 후벼 입으로 훅, 불며 대답했다.

"싫다고 말씀을 드린 것 같은데요. 그래도 어르신들이시니 잘 기억을 못하실 수도 있지요. 다시 한 번 말씀드릴게요. 이 물건은 이제 제 것이니 소유권을 요구하실 수는 없으세요."

"그럼 됐다."

가장 앞에 있던 노인이 더 이상 가타부타 말을 하지 않고 손을 쓰려고 하는 순간이었다.

"흐흐흐, 적 형, 그 어린놈을 겁박하는 것은 적 형의 품위를 너무 해치는 일이 아니겠습니까?"

"확실히 그렇지요. 저 어린 동도가 뭘 안다고 실수를 쓰려고 하시는 겁니까?"

멀리서 목소리가 들려온다 싶더니, 장내에 하나둘 사람들이 더 나타나기 시작했다.

"으음……."

적 형이라 불린 노인은 주변이 점점 더 많은 이들로 채워지자 어두운 얼굴로 고개를 저었다.

"어린놈이라 봐주지 말고 바로 손을 썼어야 하는 건데."

"그런다고 해서 적 형이 비급의 주인이 될 거라 생각하시는 건 아니겠지요?"

사람들이 점점 더 불어나더니, 이내 객잔을 모두 둘러싸고도 한참이나 남아 북적거리기 시작했다.

공무진이 그 광경을 보며 얼굴을 굳혔다. 탐심에 가득 찬 이들이 이만큼이나 몰려들었으니 분명 큰 사단이 벌어질 것이다. 그야 자기 몸 하나는 건사할 수 있다지만, 이설화의 안전까지 생각하면 꽤나 고전을 해야 할 것 같았다.

"아무래도 혈화를 피할 수 없……."

위연호에게 말을 걸려던 공무진이 눈을 크게 뜨고 벌벌 떨리는 손을 들어 가리켰다.

"자, 자네, 지금 뭐하는 건가?"

"네? 뭐, 그야……."

옆구리에 끼고 있던 시체를 내려놓은 채 편안한 자세로 앉아서 검황지보를 읽고 있던 위연호가 펼쳐 든 비급을 짤짤 흔들면서 대답했다.

"독서 중인데요."

"……."

공무진이 먼 하늘을 보며 생각했다.

'귀신은 뭐하나…….'

저 새끼 안 잡아가고.

공무진은 참담한 심정으로 입을 열었다.

"자네는 이 상황에 비급이 눈에 들어오는가?"

위연호가 고개를 갸웃하며 대답했다.

"가끔 한 번씩 보면 이상한 말씀을 하시는 것 같은데, 이런 상황이니까 비급이 눈에 들어오는 거 아닌가요? 이게 대체 뭐라고 이 많은 사람들이 목숨을 걸고 쫓아다니는 건가 궁금하지 않으세요?"

"……."

공무진은 하마터면 고개를 끄덕일 뻔했다.

'아, 안 돼, 여기서 인정해 버리면.'

저 게으름뱅이의 수작질에 말려 들어가서는 안 된다.

"그렇다고 보통은 그 자리에서 읽지는 않지! 목이 달아날지도 모르는데."

"아직 멀쩡하니까 걱정하지 마세요."

위연호가 자신의 목을 탁탁, 치면서 말했다.

"의외로 맞으면서 단련되어서 질겨요."

"끄응."

공무진은 더 이상의 대화는 성질만 돋울 뿐이라 생각했는지, 위연호에게서 시선을 떼버렸다.

사람들이 몰려들자 몇몇이 앞으로 나섰다.

"나는 하남에서 온 구쾌도(九快刀) 정립(正立)이오."

중인들의 시선이 정립에게로 모였다.

"저자가 정립이로군."

"칼을 귀신같이 쓴다는 그 정립이 여기에 와 있을 줄이 야."

중인들이 웅성대기 시작했다.

정립은 자신에게 시선이 모인 것을 확인하고는 천천히 대화를 이끌어 나갔다.

"이 많은 인원들이 모두 비급에 달려든다면 큰 희생이 일 것이오. 그러니 우리 방법을 정하는 게 어떻겠소?"

가장 먼저 위연호를 찾아낸 삼불(三不) 적이건(赤移建) 이 미간을 찌푸리며 그의 말에 대답했다.

"방법이라니, 무슨 방법을 말하는 겐가?"

구쾌도 정립이 적이건을 보며 빙그레 웃었다.

"적 선배님도 와 계셨군요. 적 선배님께서 와 계신 줄 알았다면 제가 건방지게 나서지 않았을 것입니다."

"쓸데없는 소리 지껄이지 말고, 본론부터 말해보지."

분명 자신이 있다는 것을 알고 있었을 텐데 의뭉스레 말 하는 정립을 보니, 적이건도 평정을 유지하기 힘든 모양이 었다.

"방법이야 간단하지 않겠소? 무림은 강자존의 율법이 살 아 있는 곳이 아니오."

"가장 강한 자가 비급을 가져가자?"

"그렇소."

적이건이 어이없다는 표정으로 물었다.

"누가 가장 강한 것을 어찌 증명하자는 말인가? 여기서 단체로 싸움이라도 벌이자는 건가?"

"그래서야 되겠습니까? 가장 강한 이들끼리 서로 싸우는 것도 방법이겠지만, 그랬다가는 지쳐 있는 틈을 타서 다른 이들의 칼에 목숨을 잃는 일도 생기겠죠. 그래서 제안드리는 겁니다. 적 선배님, 이 비급은 강자가 가지는 것이 당연합니다. 그러니 우선은 강자들끼리 비급을 공유하는 것이 어떻겠습니까?"

순간, 적이건의 눈에 이채가 어렸다.

"흐음, 자네 말은 연대를 하자는 것인가?"

"말하자면 그렇습니다."

"말을 무척이나 돌려서 말하는 재주가 있군. 하지만 나쁘지 않은 생각이야."

적이건이 천천히 고개를 끄덕였다.

아무리 그라고 해도 이 많은 이들 사이에서 비급을 빼낸다는 것은 쉽지 않은 일이었다. 솔직하게 말하자면, 구쾌도 정립과의 승부조차 장담할 수가 없었다.

그런 와중에 일단 비급을 안정적으로 확보할 수 있는 길이 열린다는 것은 분명 이득이었다.

"시간을 끌어 좋을 것이 없겠지. 나는 찬성이네. 그래서 자네와 나, 둘이서 하겠다는 건가?"

"그건 아닙니다."

정립이 고개를 젓고는 대답했다.

"사실 이 중에서 저희가 그러겠노라 한다면 반발을 할 사람들이 꽤 있죠. 그중에는 솔직하게 부담이 되는 사람도 있습니다. 예를 들면 저기 석 형이라든가."

"크크크, 잘 알고 있군."

정립의 말과 동시에 중인들 사이에서 대머리 거한이 걸어 나와 바닥에 도끼를 쿵, 하고 찍었다.

"······저 인간 백정 놈도 와 있었군."

"크크크. 영감, 말조심하는 게 좋을 거야. 뼈마디도 온전치 않을 텐데, 조각나고 싶지 않으면 말이야."

적이건은 상대도 하고 싶지 않다는 듯이 고개를 돌려 버렸다.

"그리고 끼워 드릴 테니 일단 제 등에 겨눈 그 활 좀 내려주시지 않겠습니까? 누가 감히 살궁(殺弓)을 배제하고 일을 진행할 수 있겠습니까. 저는 그럴 간담이 없습니다."

"흐음."

나무 위에서 인기척이 나자 중인들의 고개가 일제히 그리로 모였다. 그러자 나뭇가지 사이에서 전형적인 사냥꾼의 복장을 한 이가 고개를 내밀었다.

"그렇다면 나도 합류하지."

정립이 부드러운 미소를 지었다.

"이 정도면 남은 인원쯤은 쉽게 정리할 수 있습니다. 그러니 일단 비급부터 확보하도록 하죠."

정립이 위연호를 보며 말했다.

"소형제, 상황이 이리되었으니, 일단 그 비급을 이쪽으로 넘기지 않겠는가?"

위연호가 한숨을 쉬었다.

"아저씨."

꿈틀.

아저씨란 말을 들은 정립의 얼굴이 살짝 요동쳤다.

"이미 다 들으셨을 텐데 왜 자꾸 했던 말을 또 하게 하세요. 이건 이제 제 거니까 안 드릴 거라고 했잖아요."

정립이 묘한 표정으로 위연호를 바라보았다.

'멀쩡하게 생겼는데.'

정신에 문제가 좀 있나?

세 살 아이는 몰라도 일곱 살쯤만 먹어도 상황이 어찌 돌아가는지 감을 잡을 텐데, 저놈은 전혀 감을 잡지 못하고 있는 듯싶었다.

정립은 판단이 빠른 자였다.

'저놈과는 대화를 해도 소용이 없다.'

그의 원래 성질대로라면 이미 위연호를 죽이고 비급을

가져왔겠지만, 아까부터 위연호의 옆에서 뭐 마려운 강아지마냥 안절부절못하고 있는 이가 마음에 걸렸다.

"일행이신 것 같은데, 좋게 말을 해주시지 않겠습니까? 더 이상 시간을 끌고 싶지 않습니다. 제가 힘으로 빼앗기 전에 일을 쉽게 풀 수 있다면 더없이 좋은 일이지요."

공무진은 정립을 빤히 바라보다가 반쯤 포기한 얼굴로 말했다.

"뺏어보시든가."

"뭐라 하셨소?"

정립은 자신이 잘못 들었을 것이라 생각했다.

하지만 이미 공무진도 심보가 뒤틀릴 대로 뒤틀린 후였다.

"가는귀가 먹었나! 뺏고 싶으면 뺏어보라고! 저놈이 어떤 놈인데! 입에 들어간 건 목에 칼이 들어오기 전에는 뱉지 않는 놈이다!"

정립의 얼굴에 노화가 치밀었다.

"……이 작자가!"

정립의 입장에서 보면 공무진이 시비를 걸고 있다고밖에 생각할 수 없었다.

"감히 내 앞에서 그런 말을 하는 것을 보면 이름이 없는 자는 아니겠지? 남의 앞에서 이름을 밝힐 수 없는 소인배가 아니라면……."

어?

정립의 눈이 사내의 소매에 가 꽂혔다.

저거, 매화 무늬 아닌가?

"소인배?"

공무진의 고개가 삐딱해졌다.

"살다가 소인배라는 말은 처음 들어보는군. 화산의 검수를 모욕하고도 멀쩡히 살아서 돌아갈 생각은 아니겠지? 원한다면 말해주마. 내가 바로 공무진이다."

"매, 매화검귀!"

공무진이라는 이름이 나오자 중인들이 짠 듯이 뒤로 몇 발짝씩 물러났다.

"우와?"

위연호가 그 광경을 보고는 놀라서 이설화에게 물었다.

"저 아저씨가 그렇게 유명한 사람이에요?"

이설화는 얼굴을 붉히며 살짝 고개를 끄덕였다.

"명성이 좀 있으세요."

"좀이 아닌데? 엄청 약하기에 그냥 별것 아닌 아저씬 줄 알았는데……."

공무진은 근엄한 표정을 지으며 제발 저 위연호가 씨부리는 말이 다른 사람들의 귀에 들리지 않기를 빌었다.

'하지 말라고! 약하다고 하지 말라고!'

공무진이라고 이름도 밝혔는데 약하다고 하면, 자신이

뭐가 되겠는가.

"크흐흐흠!"

공무진은 크게 헛기침을 하면서 상황을 얼버무렸다.

"매화검귀께서 와 계신 줄은 몰랐소. 무례한 언행을 사과드리오."

정립이 포권을 하자 공무진은 조금은 거만한 얼굴로 그 예를 받았다.

"와, 저 표정 봐."

동시에 공무진은 즉시 그 거만한 표정을 풀었다.

'내, 내가 이런 사람이 아니었는데…….'

'분명 저놈을 만나기 전까지만 하더라도 대외적으로나마 화산의 제일고수이자 차기 장문인감으로 거론되던 내가 아니던가. 그런데 이제는 등 뒤에서 말이나 툭툭 던지는 저 어린놈의 눈치를 보고 있어야 하다니.'

공무진이 울컥한 마음이 이를 빠드득 갈았다.

"매화검귀께서 오셨다는 것은 화산이 유진 쟁탈에 끼어들었다고 생각해도 되겠소이까?"

공무진은 무거운 목소리로 대답했다.

"아니오."

"……그럼?"

"우리는 그저 길을 가다가 이 객잔에 묵으러 들른 것뿐이오. 나는 그 비급에 관심이 없소이다. 화산이 훗날 그 입장을 달리할 수는 있겠지만, 지금의 나는 저 비급에 손을 대지 않겠소."

"오오."

정립의 표정이 확 밝아졌다.

매화검귀의 명성과 그 뒷배가 되어주는 화산을 생각한다면 공무진과 대적한다는 것은 무척이나 부담이 되었다.

"그럼 일행분과 말을 나누어도 되겠습니까?"

"전혀 상관없으니 알아서 하시오."

"정말 전혀 상관이 없으십니까?"

정립이 자꾸 떠보자 공무진은 한숨을 쉬고는 대답했다.

"중인들 앞에서 약속드리오. 설령 저 자리에서 칼부림이 나서 목이 떨어지더라도 나는 아무런 관련이 없소."

물론 니 목이 떨어지겠지만.

공무진이 안쓰러운 눈으로 정립을 바라보았다.

'나중에 나를 원망하지 마라.'

혹시 왜 미리 말려주지 않았느냐고 찾아오기라도 할까봐 확실하게 관계를 끊어놓는 공무진이었다.

"그러시다면."

정립이 빙긋 미소를 지으며 위연호를 바라보았다.

"소형제, 들었겠지? 이제 자네를 도와줄 사람은 없네."

위연호가 뚱한 얼굴로 대구했다.

"처음부터 도움 같은 거 안 바랐는데요? 원래 저분이 자기가 바라는 것만 쏙쏙 빼가고 남이 도움을 청할 때는 딴청 부리는 분이라서요."

위연호의 말에 정립이 고개를 돌려 공무진을 바라보았다.

공무진은 이미 먼 산을 바라보고 있었다. 결코 등을 돌려 너희와 시선을 마주쳐 주지 않겠다는 굳건한 의지가 느껴지는 등이었다.

"아무래도 좋다. 이 시간에도 범 같은 자들이 몰려오고 있다. 나의 인내심은 여기까지가 한계니까 마지막으로 한 번만 말……."

"아니!"

위연호가 마침내 폭발하고 말았다.

"안 준다고! 안 줄 거라고! 귀가 먹었어요? 안 준다고 하잖아요! 아니, 대체 어디서 뭘 하고 다녔으면 그렇게 말귀를 못 알아먹어요! 내가 말하잖아요! 안 준다고! 안! 준! 다! 고!"

쩌렁쩌렁 울리는 목소리에 귀를 틀어막았던 정립이 얼이 빠진 얼굴로 위연호를 바라보았다.

지금 귀를 틀어막은 손을 내리면 귀에서 연기가 피어오를 것 같았다.

자신이 누구인가.

구쾌도 정립이다.

저 매화검귀 공무진마저도 충돌을 꺼려(?)하는 구쾌도

정립이란 말이다. 그런데 이 멍청한 어린놈이 지금 그에게 소리를 지르고 있는 것이다.

"오냐! 이놈아! 네가 안 줄 수 있는가 보자!"

그를 상징하는 쾌도가 허리춤에서 뽑혀 나왔다. 빛살처럼 허공을 가르며 도가 날아가자 중인들은 눈을 질끈 감았다.

아무리 제정신이 아닌 놈이라고는 하지만, 저 어린놈이 목이 잘려 나뒹구는 꼴은 보고 싶지가 않은 것이다.

퍼어어억!

짜릿한 격타음과 함께 돼지 멱따는 소리가 울려 퍼졌다.

"꾸웨에에에엑!"

중인들은 귀로 들려온 소리에 의아해하며 눈을 떴다. 분명 도로 베었는데 웬 둔기로 때린 것 같은 격타음과 비명 소리란 말인가.

그리고 눈을 뜬 이들은 눈앞에 벌어진 상황에 기겁을 할 수밖에 없었다.

구쾌도 정립이 바닥에 쓰러진 채 머리를 잡으며 데굴데굴 구르고 있었다.

"아니, 이 아저씨가 어디서 칼질이야?"

그리고 위연호가 바닥에 침을 퉤, 뱉더니, 손에 들린 흰 천으로 감싼 길쭉한 몽둥이를 들고 구쾌도를 향해 다가가기 시작했다.

"내가!"

퍽!

"못 피했으면!"

퍽!

"어쩌려고!"

퍽!

"아니, 피한 건 아니지만!"

퍽!

"피한 거라고 해도 되나?"

퍽!

구쾌도가 핏발이 선 눈으로 소리쳤다.

"으아아아! 그게 뭐가 중요하냐! 그런 걸로 말 늘려서 더 때리지 말고 빨리 때릴 것만 때……."

퍼억!

머리를 정통으로 가격당한 구쾌도가 그대로 바닥으로 퍽, 쓰러졌다.

"죽었나?"

"죽은 듯."

"죽었겠지?"

중인들은 안타까운 눈으로 정립을 바라보았다.

살아 있다고 생각하고 싶지만, 그러기에는 방금 그들이 들은 타격음이 너무도 절묘했다. 사람 두개골이 아직 나지 않고서는 그런 소리가 나지 않을 것 같았다.

"이 양반이 좋게, 좋게 봐주려니까."

위연호가 바닥에 침을 한 번 더 뱉고는 쓰러져 있는 구쾌도를 다시 내려치기 시작했다.

"어디서 칼질이여! 어디서!"

퍽! 퍽!

보다 못한 공무진이 슬그머니 위연호를 말렸다.

"이보게."

"왜요!"

"거, 정신도 잃은 것 같은데…… 그만하지. 내가 보기에는 좀 심한 것 같은데."

위연호가 이해할 수 없다는 듯이 고개를 갸웃했다.

"심해요?"

"……의식이 없지 않은가."

"헐, 큰일 날 소리를 하시네요. 제가 조금만 약했으면 지금 저는 죽었어요. 사람 목에 칼 날린 사람이 이 정도로 억울해하면 안 되죠."

공무진은 떨떠름한 얼굴로 고개를 끄덕였다.

사기꾼 같은 놈.

그게 조금 약하다고 좁혀질 간극이냐?

팔다리 다 묶어놓고 혀로만 싸우라고 해도 이길 것 같은데, 다섯 살짜리 아이가 젓가락 휘둘러서 죽을 뻔했다고 엄살을 부려도 이런 기분은 아닐 것이다.

'살의가 있느냐, 없느냐의 차이는 있으니까.'

사실 막말로 이미 칼을 휘두른 이상 정립은 위연호에게 맞아 죽어도 할 말은 없었다.

그런데…….

'왜 이렇게 불쌍하냐.'

이상하게 정립의 처지가 자신의 처지와 겹쳐 보이는 공무진이었다.

'나도 처음에 다짜고짜 달려들었으면 저 꼴이 났을 거란 말인가?'

그제야 화산이 몇 번이나 강조한, 비무에 임하는 고리타분한 자세가 왜 필요한지를 실감하는 공무진이었다. 그 최소한의 격식을 지키지 않았다면 지금쯤 그는 뒤통수가 함몰되어 어느 야산에서 싸늘히 식어가고 있었을지도 모른다는 공포심이 새삼 밀려왔다.

'격식을 추가해야겠어.'

본산으로 돌아가면 당장 건의를 해야겠다고 결심하는 공무진이었다.

"에라이!"

쓰러진 정립의 엉덩이를 뻥, 걷어차 멀리 치워 버린 위연호가 그래도 분이 풀리지 않는지 콧김을 뿜었다.

"아무리 강호가 살벌하다지만, 다짜고짜 사람 목에다가

칼질하는 놈은 팔을 베어버려야 하는데."

"……그렇지."

"벨까?"

저기 의식을 잃고 쓰러져 있는 정립이 순간 움찔하는 것처럼 보였다.

아니겠지.

"이, 이미 충분할 만큼 교훈을 주지 않았는가. 마음 넓은 자네가 참게나."

"저 마음 안 넓은데요?"

"……."

"쯧, 너무 멀리 찼네. 저기까지 가기도 귀찮으니까 봐준다."

위연호가 허리춤에 다시 몽둥이처럼 보이는, 둘둘 만 검을 찔러 넣고는 다시 책을 펴 들었다.

"잠만 있어봐요. 내가 이거만 마저 읽고."

저 상황에서 다시 비급을 읽는 건가?

적이건은 황당함이 머리끝까지 치밀어 올랐지만, 감히 경거망동하지 못했다.

저놈이 어떤 놈이든, 얼마나 황당한 짓거리를 하든 간에 구쾌도 정립을 일격에 먼 곳으로 보내 버렸다는 사실은 변하지 않는다.

구쾌도 정립은 그와도 승부를 장담할 수 없는 강자다. 그런 강자를 단 한 방에 날려 버린 이를 대체 어떻게 해석해야 하는가.

공무진이 이상할 정도로 발을 뺀다 싶었더니, 다 이유가 있던 것이다.

'어떻게 하지?'

그때, 그를 구원해 주는 이가 있었다.

"클클클, 애송이 놈이 방자하기가 이를 데가 없구나."

중인들 사이에서 한 사내가 천천히 걸어 나왔다.

"저, 저 사람은?"

"마환수(魔幻手) 이량(李良)이다!"

"세상에! 마환수가 그 모습을 드러내다니!"

중인들이 떠들썩하게 소리를 질렀지만, 위연호는 관심도 주지 않고 비급을 읽고 있었다.

"큭큭큭, 애송이 놈아."

"잠시만요. 일단 이거 좀 마저 읽을게요."

"네놈이 나를 잘 모르는 모양인……."

퍼억!

깔끔한 격타음과 함께 마환수가 머리를 부여잡고 바닥에 쓰러졌다.

잠시 머리를 잡고 경련을 하던 이량이 짐승 같은 비명을 지르기 시작했다.

"으아아아아아아아아아!"

공무진이 황당한 눈으로 위연호를 바라보았다.

"아니, 이번에는 아직 공격도 안 했는데……."

"공격하게 생겼잖아요."

"……."

공무진은 납득하고 만 자신이 싫었다. 사람이 생긴 걸로 그러면 안 되는데…….

위연호가 바닥에 쓰러져 절규하고 있는 이량을 보고 혀를 차더니, 고개를 들어 중인들을 쭉 둘러보았다.

"어?"

위연호의 고개가 딱 멈췄다.

그 시선의 끝에 서 있던 시산혈부(屍山血斧) 석일(石溢)이 움찔하여 위연호를 바라보았다.

"……공격하게 생겼는데?"

"아, 아닙니다!"

위연호는 석일을 보며 눈썹을 꿈틀거렸다.

거대한 체구에 상의는 어디다 버리고 왔는지 치렁치렁한 바지만 입고 있고, 그나마 근육질이라 봐줄 만한 상체에는 쇠사슬을 치렁치렁하게 감고 있었다.

거기에 핏줄이 돋아나 있는 민대머리와 웬만한 사람의 몸통만한 크기의 거대한 도끼…….

"저기, 잠시만 이쪽으로 와보실래요?"

"아닙니다! 저는 선량한 사람입니다! 공격하지 않습니다!"

"선량?"

위연호의 미간이 좁아졌다.

"엄청 험악하게 생겼는데."

"생긴 것만 그렇습니다. 안 그래도 이렇게 생겨서 피해를 좀 많이 봅니다."

"흐으음."

위연호는 영 마뜩찮다는 얼굴이었지만, 본인이 저리 주장하는 데 생긴 것만 가지고 사람을 타박할 수는 없지 않은가.

"공격하실 분 있으면 지금 다 나오세요. 귀찮으니까 한 번에 할게요."

그 누구도 나서지 않았다.

되레 위연호와 눈이 마주치기라도 하면 고개를 돌리기가 일쑤였다.

'내가 미쳤냐?'

'마환수가 애처럼 울고 있는데!'

'저 인간 백정이라는 석일이 순한 표정 짓는 거 봐. 무슨 개장수 본 개인 줄 알았네.'

중인들의 머리에 공통적으로 떠오르는 생각은 하나였다.

걸리면 작살난다.

이미 두 명의 희생자가 그들의 앞에서 꿈틀대고 있지 않은가.

그마나 마환수는 한 방에 골로 가서 그렇지, 구쾌도 정립은 전신이 아주 야들야들해졌을 것이다.

위연호는 중인들을 한 번 쓱, 훑어보고는 다시 자리로 돌아가서 비급을 펴 들었다.

"이것 좀……."

"응?"

이설화가 가만히 다가와 그에게 객잔에서 받아 온 만두를 내밀었다.

"아, 고마워요. 안 그래도 배가 고프던 참인데."

"뭘요."

화사하게 웃는 이설화를 보면서 공무진은 흐르는 눈물을 주체할 수 없었다.

'설화야.'

이런 상황에서 좋다고 만두를 씹어 먹는 놈이나, 그놈을 멕이겠다고 이런 상황에서 만두를 받아 오는 그의 제자나.

'사람이 상황에 따른 상식과 눈치가 있어야 할 것 아니냐고!'

서문다연과 이룡이봉, 아니, 위수련을 뺀 이룡일봉은 그의 의견에 동의하는지 그를 보며 고개를 가로젓고 있었다.

'있는 놈이 깽판을 치면 이리되는구나.'

왜 그리도 사문에서 힘이 있는 자는 그 힘을 조심스레 사용해야 한다고 누누이 강조하는지 새삼 깨닫는 공무진이었다. 위연호와 있으면서 애문심이 더욱 깊어지고 있다.

꿀꺽.

위연호가 비급을 읽는 모습을 보면서도 아무도 나서지 못했다. 그리고 아무도 떠나지 못했다.

그들도 여기 있는 이들만으로는 저 비급을 탈취할 수 없다는 것을 알고 있었다. 이 중 가장 고수 축에 속한다고 할 수 있는 시산혈부 석일이 민대머리에 어디서 구한 듯한, 아니, 뺏은 듯한 가죽 모자를 필사적으로 눌러써서 착하게 보이려 애를 쓰고 있고, 살궁이라는 암살계의 귀재도 나무 사이에 몸을 숨긴 채 침묵하고 있었다.

그런데 그들이 무슨 배짱으로 위연호를 노리겠는가.

하지만 바로 눈앞에 그 검황의 비급이 펼쳐져 있다는 사실이 그들을 떠나지도 못하게 하고 있었다.

'곧 있으면 거파에서 사람들이 올 거야.'

아무리 위연호라고는 하나 구파나 세가라 대변되는 거대 문파들이 온다면 저 비급을 지금처럼 태연히 지켜낼 수는 없을 것이다. 그리고 어쩌면 그사이에 틈이 생길지도 모른다.

가능성이 거의 없는 일이라는 것은 알고 있지만, 중인들은 차마 자리를 뜰 수 없었다. 지금까지 저 비급을 손에 넣기 위해서 얼마나 많은 수라장을 넘어왔던가.

이제 와 포기할 수는 없는 것이다.

그때, 위연호가 마지막 책장을 덮고는 자리에서 일어났다.

"흐음……."

위연호의 표정은 조금 미묘했다.

"왜 그러는가?"

공무진이 의아스레 바라보며 묻자 위연호가 잠시 심각하게 고민하는 듯하더니 입을 열었다.

"아무리 생각해도 얼마가 적당할지를 모르겠어요."

"얼마? 그건 또 무슨 소린가?"

"돈을 얼마를 받아야 할지 모르겠다구요."

위연호의 말에 공무진의 몸이 부르르 떨렸다.

"설마 자네…… 그걸 팔 생각인가?"

"네."

위연호는 태연하게 고개를 끄덕였다.

"거, 검황의 유진을 판다고? 검황의 유진을?"

"네."

위연호는 그게 뭐 별거냐는 듯이 대답했다.

도무지 상황을 이해할 수 없던 공무진이 눈을 튀어나올 듯이 크게 뜨고는 위연호를 보며 입을 서서히 벌렸다.

아니, 이 미친놈이…….

미친 짓도 정도껏 해야지.

살다 살다 그런 비급을 돈 주고 판다는 이야기는 처음 들어보았다. 이게 무슨 시중에 은자 한 냥 값으로 돌아다니는 육합검도 아니고!

무려 검황의 유진이란 말이다!

그런데 그걸 한 번 쭉 훑어보고는 그냥 판다고?

"혹시 다 외웠나?"

위연호가 뭔 소리를 하느냐는 듯이 공무진을 바라보았다.

"아니, 그걸 어떻게 다 외워요? 제가 무슨 천재도 아니고."

그렇지.

아무리 천재라도 그건 말이 안 되지.

"그, 그런데 왜 판다는 건가?"

"그야 뭐…….'

위연호가 태연하게 대답했다.

"돈이라도 버는 게 낫잖아요."

"아니, 그…….'

공무진이 뭔가 말하려는 순간에 위연호가 중인들에게 고개를 돌리더니 입을 열었다.

"금자 한 냥이요."

중인들의 입이 단체로 벌어졌다.

금자 한 냥?

"자, 자네, 미쳤나?"

공무진이 기겁을 하며 위연호에게 달려들었다.

"이, 이건 천금의 가치가 있는 보물이란 말일세! 자네가 아무리 금전 가치에 대한 개념이 없다고 해도 금자 한 냥은 말이 안 되는 돈일세!"

"그래요? 그럼 두 냥으로 하죠, 뭐."

"어느 미친놈이 그런 보물을 금자 두 냥에 파는가!"

위연호가 뭔 소리를 하느냐는 듯이 공무진을 보고 말했다.

"팔아요? 제가 이걸 왜 팔아요?"

"……자네, 지금 판다고 한 게 아닌가?"

위연호가 씨익 웃었다.

그러고는 중인들을 돌아보며 입을 열었다.

"필사하는 데 금자 두 냥."

"……"

고요함.

세상을 삼킬 것 같은 고요함이 내려앉았다.

"선착순."

그리고 그 순간, 눈에 핏발을 세운 무인들이 미친 듯이 위연호에게 달려들었다.

"저, 저부터 주시오!"

"으아아악! 비켜! 내가 낸다! 내 돈 가져가라!"

"지, 지금 돈이 없으면 어떻게 해야 하오! 마누라라도 팔아오면 기다려 주는 거요?"

"밀지 마시오! 밀지 말란 말이오! 비키라고, 이 자식아!"

위연호는 달려드는 중인들을 보며 흐뭇하게 미소를 지었다.

장사는 이렇게 하는 거지.

낄낄.

* * *

"……."

사가는 아무런 말을 하지 못하고 아연하게 광구신개를 바라보았다.

"왜? 황당해?"

"아니, 거……."

그냥 단순히 황당하다고 하기에도 뭣하고. 이걸 대체 뭐라고 표현을 해야 하나.

"뭐, 그리 당황한 척할 것 없어. 위연호가 원래 그런 놈인 건 너도 알았잖아."

"알긴 아는데요……."

사가가 미묘한 표정으로 바라보자 광구신개가 고소하다는 듯이 낄낄 웃기 시작했다.

"처음에 너 뭐라고 했지? 후대에 바른 역사를 전한다고 했나?"

"그게……."
"뭐, 아직은 괜찮아, 아직은."
광구신개가 손을 휘휘 저었다.
"이제 시작이니까 말이야."

〈『태존비록』 1부 完〉